純粋な幸福

辺見庸

毎日新聞出版

純粋な幸福　目次

Ⅳ　純粋な幸福

カバー写真　藤本 涼
ブックデザイン　鈴木成一デザイン室

純粋な幸福

Ⅰ　夜がひかる街

おばあさん

バスの運転席近くに薄暗がりがあった。小さな影が消えいりそうに座っていた。
イエユウレイグモ。白髪のおばあさん。隣に座る。おばあさんは動かなかった。
よくみると、顎をこきざみにふるわせている。影の微動。

なにか臭った。おしめか。ダイコンのぬか漬け。おばあさんの左手の指にさわってみた。おばあさんは動かなかった。ただ、冷たい指が細かにふるえていた。
ぬか漬けが濃く臭った。

いま、どうしていますか?

きのう隣にすわった小さなおばあさん。いまどうなさっていますか? お昼はちゃんとめしあがりましたか。お昼寝しましたか。夢をみましたか。どんな夢でしたか。バスでわたしが隣にすわったこと、おぼえてらっしゃいますか。あなたはどなたですか。

どなたでもない、ということはありえません。でも、だれでもない、そうとしか言えない姿をわたしはみました。運転席をしきる鉄のバーをあなたは両手でにぎっていた気がする。骨にじかに皮をはりつけたような手で。

おばあさん、あのときあなたは時間のむこうをみていた。身に寸鉄もおびずに。ぬか床のにおいのなかのあなた、拳銃いっちょうくらいよいのですよ。ぶっぱなしたって。バーン。わたしを撃ったって。文句は言わない。どうぞ。

おばあさん、貧しく、寂しそうなおばあさん、ぼくはあのとき、引っ越しのことをかんがえていたのです。どこからどこへ引っ越すのか……わからなくなって。けふ、おもいつきました。それで、おばあさん、あなたに電話をしようとしましたが、かかりませんでした。

おばあさん、貧しく寂しく、ぬか漬け臭いあなた。いじめられているのですか？　やさしい口調（笑顔）のひとびとに、とってもやさしく朗らかにいじめられているのですか。

了解！　仕返ししましょう。てつだいます。どこまでも陰湿に報復しましょう。

こくみんひとりびとりの口にベゴのピズルをくわえさせて、君が代を強制的に
ハミングさせませう！　おばあさん、あなたに指揮をまかせます。
ぼくはぼくから引っ越そうとしているのです、おばあさん。

グラスホッパー

か、かすむ――け、煙る――も、漏れる――と、遠のく――ふ、震える。ふ、舟。ぐ、軍隊。す、水葬。ピチュピチュ、マチュピチュ……耳もとで、あるいは頭蓋のなかから幽かに聞こえる水音。水滴。雨漏り。いや、囈言《うわごと》か。マチョピチョ、チョビチョビ……。声。体音。ルフラン。だれの？　どなたさまの？　わたしの？

老いる、または老いたということを、知っているつもりで知らなかった。たぶん、老いとは主観と身体の無自覚的な乖離にはじまる。主観と身体のどちらが厄介かわかったものではない。どちらかがどちらかを勝手に追いこしてゆく。ほら、頭のなかでグラスホッパーが跳ねているよ。あるいは、どちらかがどちらかに置いてけぼりにされる。主観とその持ち主である肉体がほどよく統合されている、つまり、意識がおのれの骨肉のありようを正しく認識することなどまずない。

老いはきませり。意識は身体より過剰に若いか、その逆かなのであろうか。高齢者のあつまるリハビリ施設に通いはじめて7か月、意識と身体の〃ズレ〃について前よりずいぶん気にするようになった。ひとりでいるときにははっきりとみえなかったじぶんの肉体の衰萎が、他の老人たちの形《なり》を熟視することで否応なく知らされる。じぶん、意識がやはり自己身体の実情をとらえきれずに、実年齢よりマイナス20歳ほどになって老体をひきずって浮游している。ガランスの夕焼けを泳ぐ。溺れる。犬として溺れ死ぬ。グラスホッパーが目と口にたかりつく。

先日は身長測定がありました。かつてわたしは173センチあった。そのつもりで測定台に立つと168センチであると職員に笑顔で告げられる。なんて意地悪な笑み！　そんなはずがないと背筋と首を精いっぱいのばして再測定してもらうと、やはり168センチ。身体が衰耗し衰微していること、すなわち、すりへっていることを数字で突きつけられる。「経年劣化」ということばがうかび、動揺をおさえて苦笑。にこやかに笑いつつ、ぐぐっとおさえる。はげしい殺意を、お、おさえる。ピチュピチュ、マチュピチュ……。

意識は依然、（少なくとも表面は）強気なんだ。しかし、内心はうろたえている。主観と客観のギャップをどうとりつくろえばいいのか。老いるという避けがたい変化と事実をどのようにひきうけるべきか。いまさら悪びれないにしても、静謐な心もちになるにはどうしたらよいか、それをどうやって保てばよいのだろう。マチョピチョ、チョビチョビ……。リハビリ施設の老人たちをあらためてみわたす。みんな、かすんでいる。煙水晶ごしの眺め。バッタが飛んでいく。あんなにたくさん。ガランスの夕焼けを。

大スクリーンのある奥の区画で、車椅子の老人たちが童謡をうたっている。そうしながら、若い職員にうながされて両腕を上にのばしたり、手のひらを開いたり閉じたりしている。「もしもし　かめよ　かめさんよ　せかいのうちにおまえほど　あゆみののろい　のろわない　どうして　そんなに　のろいのか」――。わたくし、海底の声（または海藻）のように揺らぐ合唱を聞くともなく聞く。古く細い腐蝕した杭のようなものたちが歌をうたっている。わたくしの声も聞こえる。耳が遠くなった。おかしいといえば、なにかがおかしい。だが、その場ではとくにおかしいとも思わない。なにもおかしくはない。

とりたてて哀しいとも感じない。古く細い杭……痩せ細った骨のようなものたちのなかに、いつしか、わたしも埋まっている。あがらぬ腕で万歳のようなことをしたり、周りにあわせて力なくうたったり笑ったりしている。「あゆみののろい　のろわない　どうして　そんなに　のろいのか」の、いったいどこがいけないというのだ。世界中の理不尽にくらべて、「のろわない」ことのなにが問題なのか。わたしは捨て鉢になって、「のろわない」に「呪わない」の漢字をあててみる。そうして、〈なぜ呪わないのか〉と、じぶんをど突く。ふざけやがって。

正直にいったほうがいいだろう。じつのところ、ここには底なしの気鬱がある。ぶ厚いヘドロのような憂鬱。わたし（たち）バッタはどうふるまえばよいのかわからないのだ。だから、自己をあまりにも朗らかに演じたり、過剰に暗いヘドロの闇に身を投じたりする。いたしかたがないのでありま す。「ここ」と書いたけれども、底なしの気鬱のないところがいま、どこにあるだろうか。世界の実相は気鬱にみちている。それなのに、老いも若きも総理大臣も天皇も、そうではないふりをしている。まるで、たるんだ尻《ケツ》みたいな顔して。

気鬱をはらうには怒り狂うより他にはない。狂気といわれようが、怒気をあらわにしてなに悪かろう。所詮はバッタなのだから。なにごとも呪わない、あいまいな笑顔の仮面はもう外したほうがいい。いまは怒るべき時だ。ガランスの夕焼けの海を、飛んでいく。あ、あの、無尽のグラスホッパーたち。緑色の兵隊さんたち。満目の飛蝗《ひこう》だ。戦地へ。戦地へ。バッタさん、さようなら。さようなら。

屁

早苗さん（95）が屁をこいた
だれも気づかない
早苗さん自身も
なしながら　なしていることに
気づかないこと　または　もの
——屁——
エヘイェ・アシェル・エヘイェ
早苗さんの顔を

きわめて　きわめてだね
いにしえの風が
滑りおちる
午後三時の
殺す風

アキノウナギツカミ

宵闇の草原に　こごまり　手で穴をほってアキノウナギツカミを移植してゐたらば　生魚くさい土くれのにほひ　顔面にむっとたちこめ　背中には　じょじょに　のしかかってくる死者のおもみ負う　これはハハかもしれなひ　ハハやもしれぬ　肩ごしの息の根は　なんだか烏賊《いか》くさい土くれのにほひ　肩ごしの声「んめ、なぬすてんのっしゃ？」（あんた、なにをしているのですか？）見りゃわかるだろうに　これはハハの声ではなひ　ふりかへらずに　答へる「アキノウナギツカミを粛々と移植してゐるのだよ」　肩ごしの声「アキノウナギツカミ？　これはしたり、これはしたり……」　背中の者さっきの者といれかわってゐるらしい　ハハとはちがうおばあさん　肩ごしにのたまふ　「つがう！　そいづはアキノウナギツカミでねえど　ほいずはママコノシリヌグイだいっちゃ……」（ちがう！　それはアキノウナギツカミではないよ　それはママコノシリヌグイでせう……）　ショーック！　とても傷つく　なんてこった　ハハとはちがうおばあさん　事態をわざとらしくやわらげるやうに　肩ごしに頬ずりしてくる　「んまぁ　どっつでもおんなずやうなもんだ　気ぬすんな……」　と言われても気になるから　目を皿にして　アキノウナギツカミかママコノシリヌグイか　区別しようとするも　この闇　まして疲れた目に区別できるわけもない　アキノウナギツカミかママコノシリヌグイかわかりもせずに　おめおめとここまで生きてきてしまったうかつに　暗中　火のごとく赤面す　オババ　この状況をもみけす気か　背中でじょうじょうと　いとあつき湯《ゆ》放《まり》をす　されば　オババを背おひ　われ夜更けの河をわたる

夜がひかる街

視界などあてになるものではないから、目にした（とおもった）ものをちょっと不思議だなと感じても、錯視か幻視か真景かにあまりこだわりもしなくなってきて、どちらにせよ大差ないとじぶんに言いふくめたりしている。それは外界とのまじわりを近年ますます疎ましがるようになったことや、あるしゅの自閉のせいなのかもしれないけれども、だからといって日々ひどくうち沈んでくらしているわけでもない。これは言いすぎかもしれない。けれども、わたしは〝幻覚〟をなにがなし楽しんでもいるようだ。たとえば、三年前にひっこしてきたこの街は、夜になると、とりわけ朔の夜は、闇がきららかにひかる。灯火やネオンの反照ではない。闇の帳《とばり》じしんが、氷片か一面の霜柱のように、冷たく青めいてかがやくのだ。そのわけをどうしても知りたいとはおもわない。知ったとて未来がひらくわけでなく、知らないままでも生き死ににかかわりはすまい。闇が青びかりする夜道をよろけながらあるいていて、これも「クリスタル・ナハト」（水晶の夜）なのだなとおもいついて、おもいつきにドキリとしたり、なんのよりどころもないのに納得したりする。青めいてひかる夜は、もはや不穏でもナゾでもなく、ひそやかな楽しみである。

クリスタル・ナハトは、サルスベリとハナミズキの並木のあるふたつの道すじにそうて静まりかえり、ただ夜として闌《た》け、藍色に深まってゆく。ひかる夜に咲きむれるサルスベリは白い花と赤い花の二種である。それは夜目で判別するのでなく、嗅ぎわけるのだ。白は青い闇のむこうでつんとにおい、赤はさっぱりにおわない。この街にきはじめのころには、なぜなのかといぶかしんだものだ。いまは、そういうものなのだとなじんでいる。頭上にふりしきる花弁をいちいち見あげたりもしない。白か赤かはどのみちすぐにわかる。白はにおうし、叩き折られた無数の歯のように歩道いっぱいに散りしく。赤はまるで歯肉か血だ。と、コツコツと背後から靴音がする。ふりむかない。この闇だし、わたしにはつねに眩暈があるから、ふりむきでもしたら転《こ》けてしまう。靴音がちかづく。コツコツコツ。すぐに追いつかれる。コツコツは会釈もしないで追いぬいていく。とても小さな女性がわたしを追いぬいていく。

　信じようと信じまいと、かまいはしない。ひじょうに小さな女のひとは、雨でも日照りでもない朔の夜に、さも当然のように、というか、なんだか気どったようすで傘をさしていた。サルスベリの落花をきらったのであろうか。かのじょはなにか怒っているふうでもあった。わたしには委細がわからない。どだい、わかろうともしていなかった。わかろうとさえしていないにもかかわらず、きわめて小さなひとがこの夜ふけに傘さして、ずっと休業中の工藤理容店のまえをとおり、駅方向にコツコツとあるいてゆく光景を、これ以外にはありえないとおもわれるほど自然にうけとめたのだった。それはおそらく幾十年もまえから神のようななにかに約束され準備されていたシーンであったのだ。青い夜陰にきえてゆくひとを見ながら、ひとつのことをおもいだした。ひとりのずいぶん小さな男のことだ。何か月かまえ、カフェ・ダフネの店先でとつぜん声をかけられた。左の腰のあたりにその声を聞いた。カフェのドアロのスロープをのぼりかねて立ち往生していたわたしに、かれはおもいのほか野太い声で言った。「だんな、だいじょうぶ?」。見おろすと、かなり小さな男はあざけるようにニタニタしてわたしを見あげていた。どうということはない。それだけのことだ。ひじょうに小さな女性に追いこされたとき、ふとおもった。ふたりは夫婦なのだろうか。

あの夜からしばらくして郵便受けに「防災行政無線の設置に関する説明会」のお知らせがとどいた。「地震、集中豪雨、ミサイル着弾などの危機事象」が発生したさいに、すみやかに避難情報をながすためのスピーカーを敷設するのだという。わたしは用があって欠席した。追いこしていった女と声をかけてきた男が、サルスベリの並木道を手をつないで説明会場にむかうすがたをおもいうかべた。なにも不思議ではなかった。その夜の闇もちろちろと水晶みたいに青びかりした。

II

あの黒い森でミミズ焼く

あの黒い森でミミズ焼く

とおくでサイレンがうなっている。消えかけたり大きくとぐろをまいたり、二百年間も間欠的にそうしているように、サイレンがうなっている。うなりのなかに、ところどころ空に黄色い孔をあけるみたいに、けたたましいホイッスルも聞こえる。どうしたというのだろう。ねえ、カール、かしこいカール、の、こるというのは、いかにも無神経な言い方ではないだろうか。どこか不用意でもあるよね。のこる！　ぜんたいのうちのいちぶがなくならないでいる。へっ！　そんなことを判定できる資格がだれにあるというのかね。そもそも、ぜんたいというやつがあやしい。ぜんたいって、なんなのかよくわからないのだよ。わかりかねる。ぜんたいは、ぶぶんとどうちがうのかね、ぶぶんと。ともあれ、あれからのこった生き物ったって、いま「目」にみえるかぎりだが、気味のわるい黒い鳥たちをのぞけば、とても少なかった。ビニール傘をさした、わりあい大がらなオバンツァン[※1]がひとり。ひじょうに小さなおとこひとり。たれ耳のメス犬一匹。そして、シアンブルーの魚鱗に似た「目」一箇。さしあたりそれだけ。あとはみえない。もっともらしく明文化された秩序や法や慣行・慣習は、もうなかった。どうでもよい。そんなものは、ないから困るというものでもない。「真実」などという、やけに大げさなことばといっしょだ。なくったって、すぐにやっていけなくなるなんてことはない。どころか、そんなものは永遠になくったっていいみたいなものだ。これまでだってそうだった。オバンツァンとひじょうに小さな猫背のおとこ、それから犬と「目」——だけが、げんざいただいまの与件であり、センス・データであるだけのことだ。どうということはない。オバンツァンがだれか、ひじょうに小さなおとことはそもだれか、たれ耳の犬そして「目」はなにを意味するか。なんて、ひまがあれば、おいおいかんがえればいいし、かんがえなくてもさしてもんだいはない。かんがえてもはじまらないとも言えるかもしれないし。ねえ、カール、じかんはいつだって、いまげんざいなのだね。いつでもげんざいが原型といえばいえるのだ。ではないですか。いまげんざいあるものが心像の祖型か、そのなんらかの反映でないわけがない。そうであるかぎり、オバンツァン、とても小さなおとこ、犬、「目」は、この話のなかにくりかえしあらわれる過去と未来のイメージである。

ねえ、カール、でも、念のために少しせつめいをくわえておこう。ビニール傘をさした、わりあい大がらなオバンツァン（イナイムラ・シメさんという）は、鼻水をたらしている。シメさんはこの話（だけ）の、消えゆく主人公である。かのじょは存在じたい、おおむね、うつろで、へこんでおり、うわべだけであった。その意識はたとえるなら、「ことば外」的であり、つまり、意識のもようが、ことばにはなかなかおきかえがたかった。眼界はほとんどいつもかすんでいたのだが、オバンツァンはそうではないふりをすることがあった。視界りょうこうを演じるのである。だが、わずかではあったが、じっさいに視界りょうこうのときもありはしたのだ、ともおもわれる。オバンツァンのいうことはかつて、あらかた不せいじつで、内容がなく、無意味だとおもわれがちだった。hollowということである。しかし、空洞の鋳物の、その中空のありようをもって、鋳物を不せいじつ、無ないよう、無意味ときめつけるのは軽そつのそしりをまぬかれないのとどうように、オバンツァンへの無思慮な反射的評言はたいてい妥当性を欠くか、まったく妥当ではなかったのだ。オバンツァンが鼻水をすすったよ。

またどこかでサイレンが鳴っている。とおい闇夜でおかしなひとが、じぶんのはらわたをふりまわしているようにサイレンが鳴っているよ。懶《ものう》く、とうてい、ておくれな、とてもむだな、後悔にさえならない堂々めぐり。たくさんの黒い鳥が舞いくるっている。とにもかくにも、オバンツァンたちはのこったのだ。オバンツァンのほかは、まあ、つけたしでしかないのだが、猫背のとても小さなおとこも、のこった。このおとこについてあれこれと想像をたくましくするのは読むひとの自由である。じっさい、かれはそう(幻想・妄想)されやすい人物だった。そう(幻想・妄想)したとしてもべつにだれからも罰せられやしない。この世に真のすがたなんてものは、どだい、なかったし、いまもないのではないか。あるのは真のすがたというレトリックか作話ではないでしょうか。猫背の小おとこについてだってそうだ。ねえ、カール、にもかかわらず、すぱっと言いきるというのは快感ですよね。「……このボナパルト、彼こそが現実のボナパルト、飾りなしのボナパルト……」[※2](べつの訳では、「こういうボナパルトこそが本当のボナパルトであり、ありのままのボナパルトである」[※3]。さらにべつの訳では「このボナパルトこそほんとうのボナパルトであり、生地のままの［sans phrase］ボナパルトである」[※4]）といった堂々たる確定判断のたぐいは、ルイについては痛快だけれど、オバンツァンを中心とする、このうすれゆくだけの話のながれにはおよそそぐわない。オバンツァンやひじょうに小さな猫背のおとことルイを並列的に論じようったって、しょせんむりだからだ。お笑いぐさだ。だからといって、ねえ、カール、むかしからの作話にはなんの意味もなく、すべて排除されてよいということにはならないよね。たとえばだが、「すべての死せる世代の伝統が、悪夢のように生きている者の思考にのしかかっている」[※5]といった指摘には、いまでもおおむね異論をさしはさむ余地がないものとおもわれるのだよ。べつの訳では「死んでしまったあらゆる世代から伝わってきた伝統というものが、いま生きている世代の頭脳に、悪夢のなかで人を襲う魔物のようにとりついている」[※6]となっているのだが、カールの言わんとするところはおなじだよね。ひじょうに小さなおとこは、カールのこの指摘について、読んだことも小耳にはさんだこともありはしない。が、すべての死せる世代の伝統が、げんに生きているオバンツァンやひじょうに小さなおとこの意識や無意識に、悪夢のようにのしかかっていることは、本人たちが意識しようとしまいと、否定できないじじつなのだろうね。

　ねえ、カール、たいへん小さなおとこの出自をせんさくするのは、この話の趣旨ではないので、やらない。たしか、だれかの甥だとかいう（だれだってだれかの甥か姪か従兄弟か、またいとこか、なにかだ）、このとても小さなおとこは、（そう言ったところで、なにも意味しはしないけれども）まったくわるいひとではない。ほとんどそれにつきる。わるいとはなにか。まったくわるくないとはなんだろう。おもえば、ひとびとはそれらにじゅうぜんに答えたことはない。じゅうぜんに答えようともせずにここまできてしまったのだ。にもかかわらず、それ（まったくわるいひとではないという、証されたことも証す気をもたれたこともない言）が、かれのほぼすべてである。一方、たれ耳の犬は、たれ耳といっても、こうふんすると尻尾とともに、耳がぴんと立つこともあった。くわえて、目つきや身ぶりがなんだか、そらぞらしく、わざとらしいところもあった。いぬはそらぞらしく、わざとらしい目つきや身ぶりをあくことなく反復した。オバンツァンにはまったくわざとらしいところがなかった（というか、なくなった）ので、犬のわざとらしさはときどき風景のなかで、そらぞらしくうきたつこともあった。とても小さなおとこにも、あまりわざとらしさがなかった。オバンツァンはわざとらしさという、ひととしての業か存在の「技法」のようなものを、たぶん後天的になくしてしまったので、わざとらしくなくなったのだが、ひじょうに小さなおとこのばあい、あまりわざとらしくないのは、あきらかに先天的なものであった。わざとらしくないのは、わざとらしいよりも、ずいぶんよいようでもあるが、つきつめれば、ねえ、カール、存在物のなにが欠陥でなにが欠損かなんてわかったものではないよね。さて「目」はどうだろう。シアンブルーの「目」。それは昏い藍にも、あかるいターコイズブルーやアクアマリンやコバルトブルーにもなった。どこにもつうじようのない穴にもなった。「目」は、なににも指示されず、なににも所属していないにもかかわらず、だれかのとくしゅな「目」や、からだからはなれ、外化したじぶんの「目」ではないかとおもわれるのが常であった。「目」はそれでも、いさいかまわずなにかをみていた。なにもみていないこともあった。

ねえ、カール、そして、みぞれはふっていたのだよ、みぞれが。べんぎてきにではない。とってつけたようにでもない。わざとらしくでもない。おためごかしでもない。たしかにさかんにふっていたのだよ、みぞれは。声とともに、みぞれはふっていた。なにかのたくさんの、とおい声たち。ふりつづき、かき消され、折りしだかれ、かつは、消えのこる、声の群れ。おどろくほど手ぢかな、声のはるけさ。だれかの声——だれかの記憶——幾万もの透明なミズカマキリの飛翔。くりかえしになるけれど、オバンツァンはシメさんというひとだ。シメさんはあるいていたのだ。ふん！　だからどうしたというのだ、とカールはいらつくだろうか。しかし、ヤーパンのシメさんがあるいていたのだ。みぞれふるなか、ビニール傘さして、ぶかぶかの紳士靴（ソックスは左右ふぞろい）をはいて、ヤーパンのオバンツァンがあるく。べつにがんばってなんかいない。なにもたいそうなことではない。オバンツァンがあるく。そのことじたいは、意味というのではない、意義というのでもない、奇妙さでもない、証でもない、なんでもないことさ。けれどもね、そういう、なんでもないシメさんに、もうかんぜんにとけかかった最期の小さな氷片に映るような、それもやはりとけかかる、いっしゅんの影のみじろぎを感じて、胸をつまらせてしまうのは、ねえ、カール、おかしいのだろうか。ヤーパンのオバンツァンがあるく。鼻水たらして。みぞれふるなか、わりあい無ひょうじょうに。むろん、シメさんはだれかを殺りにいくのではないよ。そうだっていいけれど、そうではないだろう。さりとて自爆テロなんてことでもないだろう。めっそうもない。だれかを救いにいくのでもない。救われにいくのでもない。高台にのぼって演説したいというのでもない。少しもドラマティックじゃない。みぞれをあるいて、こころに詩を織っているわけじゃない。なんでもない。ねえ、カール、ほんとうになんでもないんだよ。なんでもない。かわいた寒天のカスほどに、なんでもない。記載不要。それはありえないことなのだろうか。あってはならないことかな。

シメさんがみぞれのなかをゆくのは、たとえばの話、歴史というやつにはなんのかんけいもないことなのかな。すなわち、オバンツァンは、歴史外の、歴史の埒外のみぞれを、ただ愚かにあるいているのかしら。そんなことには、なんの意味もないと、あっさりとわすれてよいのだろうか。シメさんは、そりゃあ、歴史をつくっているのではないかもしれない。そんなごたいそうなことじゃない。にしても、ねえ、カール、ひとがとくになんでもないということは、いけないことなのだろうか。なんでもないということは、とどのつまり、いかなるひとにおいても、ありえないのだろうか。または、シメさんは、だれかの画策ないし狡獪きわまる現行の政治・社会システムによって、ほんらい意味ある（べき）なにものかなのに、なんでもないものにされているのですか。ああ、サイレンがなっている。ねえ、カール、あなたはいつだったかこんなふうに書いたことがある。「人間は自分自身の歴史を創るが、しかし、自発的に、自分で選んだ状況の下で歴史を創るのではなく、すぐ目の前にある、与えられた、過去から受け渡された状況の下でそうする」[※7]。このくだりは、べつのニッポン語訳ではこうなっている。「人間は自分で自分の歴史をつくる。しかし、自由自在に、自分で勝手に選んだ状況のもとで歴史をつくるのではなくて、直接にありあわせる、あたえられた、過去からうけついだ状況のもとでつくるのである」[※8]。さらにべつの翻訳ではこうだ。「人は自分で自分の歴史をつくるとはいえ、どうにでも自由にできる素材から歴史をつくりだしているわけではないし、その際におかれている状況も自分で選んだものではない。その状況とは元からそういうようにして目の前に与えられているものであり、先人から受け継いだものなのだ」[※9]。三つは、それぞれ他とびみょうに（仔細にみれば、ずいぶん）ことなるけれども、ひどい齟齬をきたすというほどのこともない。

もんだいは、ねえ、カール、このオバンツァンが（ちからづよく、決定的に、ではないにせよ）鼻水たらして、歴史というものをつくっているのか、鼻水すすって歴史に参画しているのか……ということではないですか。留意すべきは、シメさんという老婦人が、ただのみぞれではなくして、ほかでもない歴史のなかのみぞれを、ビニール傘をさしてあるいているのか、せめても、そのように措定すべきなのかどうか、ということではないですか。偉大なカールよ、どうかおしえてほしい。この大がらの老女が、けっしてみだりにではなく、ほしいままにではなく、手まえ勝手にでもなく、過去からうけついだ状況下で、先人からひきつぐようにして、みぞれそぼふる友引のこの日、歴史なるものを、われしらず、こしらえていたのだろうか。ひとはそうやって歴史の一端に、かかわるでもなくかかわってしまうものなのだろうか。それは一考にあたいする気がする。おお、カール、でも、なんだかよくわからないのですよ。オバンツァンは純粋党員でも山岳党員でもふくろう党員でもオルレアン派でもなかった。恐怖党員でもなく、生活の党とタロウ・ヤマモトとなかまたちの支持者でもない。歴史とはかんけいないなしに、シメさんはヤーパンのみぞれを、ただたんにあるいていた、とかんがえるのは、あるしゅの小市民的な幻想にすぎないのでしょうか。答えをまたずに、オバンツァンがゆくのです。舌だしてペロペロと鼻水を舐めるのです。シメさんのあとを、ごくごく小さなおとこと犬がつづくのであります。「目」は宙にあり、おちこちに位置を変えた。あざやかな青緑色のそれは、おそるべき速さでひょいひょいと飛びすさったかとおもうと、地上のガラクタのただなかからバネじかけさながら、ピョンとふいに飛びでてきたりした。オバンツァンは、ぼろをまとい、ぶかぶかの紳士靴をはいて前かがみにあるいてる。蹠《あしうら》が冷たひよ。リウマチが痛ひよ。オバンツァンがゆく。「目」はシメさんの頭上にある。「目」が、めくりかえって、視る。のこった老女を。のこってしまった、望まれない、オバンツァンのなかを。すると、シメさんのなかにもみぞれがふっている。みぞれふりしきる。黒い飛礫のように、みぞれが。だがね、愛するカールよ、ここだけの話、かつてもいまも、だれが、なにを、ついに望んだのか。せつじつに望みぬいたというのか。あやしいものじゃないですか。なにが望まれていただろうか。だれが、だれに、ほんとうに望まれていたのだろうか。へっ！　みぞれ以外になにが望まれたのかね。オバンツァンがゆく。右手で傘さして左手にぎりしめて。シメさん、髪ふりみだして、口でなくアゴにマスクしてる。鼻水がタラタラ、アゴマスクにもたれる。あははは……。オバンツァンがあるいている。かのじょのなかのみぞれを。ビニール傘をさしたシメさんが、ひとりで。イナイムラ・シメさんが、マゼランペンギンみたいに。傘は役たたず、蓬髪《ほうはつ》、両肩、みぞれにぬれて、シメさん、あるいているよ。シメさんのなかに、みぞれがふっているよ。ときどき、つよく横なぐりに。みぞれ、ときおりやむ。頭蓋、冴えざえと晴れ、「目」は青光りし、みぞれ、またふる。涔々《しんしん》と頭蓋にふる、黒いみぞれ。

ねえ、カール、けっきょくさ、なんにも、なんにもなかったんだよ。反復だけさ。脊髄をただ光の泡がすべりおちるのだ。とともに、肉そげおちるのだ。たえずくだけちる、ここかしこの像、意味、幻、海。ホロホロ。ベリベリ。ボトボト。ズキズキ。涔々。サイレンとホイッスル。とおい耳なり。砂か壁か石か鏡のかけらを舐める、おびただしい舌の無音。執拗な舌ベロたち。「目」たちの渚。死した汀線。褶曲線。シメさんがゆく。猫背のとても小さなおとこと、わざとがましい犬と、「目」がつづく。犬ときどきシメさんをみあげる。なんだか、わざとらしくオバンツァンをみあげる。犬、ちょこんと首かしげ、犬のくせに、とってつけたようにシズカ・クドウの顔をしてみあげる。毛の生えた眉間を、きもち、ひそめて。シメさんその手にのらない。というか、眼中にない。オバンツァンは足首までの（もとはペニョワールというやつか）、臙脂《えんじ》の、やたらと長いボロをまとっている。三者、いや「目」をいれれば四者、あいまいに、つながる。とおい、とおい、記憶の気孔で、ゆるくつながる。なにもないのだ。なにもなかったのだ。今後も、なんにもありようがないのだ。それを言ったらおしまい。ねえ、カール、それだけの話さ。言っても言わなくても、おしまいはおしまい。終わりはなんどでも終わる。くりかえす。おしまいは果てしなく反復する。波のように。はじまりのようなよそおいで。脅迫的に反復する。しかし、とどのつまり、なーんにもなかったのだ。蹠が冷たひよ。くるぶしが寒ひよ。膝が痛ひよ。

ねえ、カール、たしか、けふ友引でしたね。朝晩は吉。昼は凶だってさ。シメさんがゆく。ぶつぶつ、つぶやきながら……クヅメラクガミ、やさほい、ラクヅメクガミ……。結婚式ＯＫ。火葬場おやすみ。ははは、うそをこけ、うそを。やさほいのほーい。オバンツァンがゆく。イヌタデさあ、イタドリさ、オオイヌタデさ、ギシギシさあ……。とても小さなおとこがつづく。犬もつづく。いくつかの屍体がある。天空からまっさかさまに落ちてきたのか、かたちをなさないものが大半だ。屍体のまわりには、薔薇の花びらにみえる、こまごましたものが落ちている。死者は、みぞれとともに、もっとふってくるかもしれない。それらの実体と、それらの残影をぬって、シメさんが前かがみであるく。ボントクタデさあ、ミゾソバさ、ミズヒキさあ、クメツラクミガさあ……。小おとこがあるく。ちょこちょこと。猫背の小おとこ。赤いキュロットをはいた、はっきり言って、凡庸なホビット。かれはまぎれもない善人の顔をしていた。善人の顔というのは、ねえ、カール、（あなたとちがって）たえずおだやかな微笑をうかべているものだ。だから、ひじょうに小さなおとこは、顔いちめんに善のシールを貼りつけでもしたように、たえずおだやかな微笑をうかべていた。きわめて小さなおとこは、だが、ほんとうに善人であるひつようはなかったのだ。肝心なのは、常時、善人にみえることと、そのようにみなされることであった。かれはとてつもない性慾のもちぬしであった。そのことと、かれが善人かどうか、善人にみえるかどうかは、まったくかんけいがない。あるいは、ほとんどかんれんがなさそうであった。なにごともみわけがたい。そう言うべきだろうか。赤いキュロットのこの小おとこは、シメさんの後ろすがたにさえ、まぎれもない善人の微笑をうかべたままで、このみぞれのなか、はげしい情慾をいだいていたのだ。サイレンがとおく近くうなりつづけている。どうしたというのだろう。かれは累代身についた、けっしてわざとらしくはない慈愛の面差しのまま（それ以外の顔をすることは不可能であったのだが）、シメさんの背後をあるきつつ、ア・ワナ・カ……ア・ワナ・カ……（I wanna cum …… I wanna cum ……）と、呪文のようにとなえつづけたが、オバンツァンはとりあわなかった。聞こえてはいなかったようだ。シメさんの網膜にさしこむ斜線。テレビ画像。ふりしきるみぞれ。横線。四角い、ブロック状のモザイク。みぞれらくがみ。ぼんとくたで。オバンツァンのピンクノイズ。いっしゅの。いや、ブロックノイズ。それらがシメさんからはみだして、風景を打ち、つらぬき、えぐる。サイレンがなっている。うちあげ花火があがる。戦争だ。I wanna cum ……I wanna cum ……もう、いっちゃう。オバンツァンはやがて一気に夜になる。夜の部屋に裸のおんながいる。小太りの白人だ。左腕のつけねが毒々しい紫色のおんな。ベッドにこしかけている。肩は、窓にさしこむネオンのせいか、青くなったりオレンジ色にそまったりする。おんなはシメさんだった。そうおもわれる。オバンツァンは電流のようにかんじた。シメさんの裸婦は、顔をややうつむかせ、スチールグレーの壁を背にした、おもそうにのしかかる影にたいめんしている。影が立ったままシメさんの髪をなでる。ゆっくりとゆっくりと。からだに潮がさす。しけった壁のにおい。黴？　潮？　手がかり。壁に埋まる「目」。壁からもれだす海水。

ねえ、カール、ずいぶんこみいってはいたけれど、なにかしっかりとした、いまからすればたんじゅんにもおもえるわけがあったのだ、あのころは……。ひとはみちたりることだってあった。オバンツァンは影にうけいれられ、かのじょも影を象眼のようにじぶんにはめた。そんなことだってあったのだ。シメさんはシメさんの夜をあるいた。ぬれた敷石をあるいたものだ。「目」も、敷石になってみせた。舗石はかつてはどこにだってあったのだ。ずいぶんまともだった。敷石がないなんて、どんなわけにせよ、バカげている。敷石のない路なんて路じゃあない。石だたみがてらてらと光らない夜なんて夜じゃないわ。敷石にヒールをはさむ。そのつまずきに、ことばといっしゅんの暗示があった。啓示もあった。予感もあった。オバンツァンは敷石があったころの夜をあるいた。跫音が体内にひびいた。どこかでサイレンが鳴っている。追っ手のホイッスルも。もうかんぜんに手おくれなのに。赤い三角屋根の家の角をまがってみた。巨きなイノシシが、影をひいて、かけぬけてゆく。路面からコビトの影法師がいくつもわきでる。交差点を無灯の、闇より黒い重戦車がゆく。何両も何両も。地ひびき。踏みしだかれる夜。ピキピキと轢き殺されるコビトたち。ねえ、カール、いよいよ用意せねばならないね。こうなったら、いよいよかくごせねばならないね。敷石をはがせ。舗石を青黒い夜の深みに投てきせよ。オバンツァンがゆく。かのじょじしんの夜にひたる。山のような豆腐をつんだフェリーがぼうっとかのじょの夜の川をすべってゆく。しかたがないのだわ。いたしかたなかった。かならずしもわざとらしくはなかった時代の、古めかしいが芯のある声がきこえる。「社会は現在、その出発点より後退してしまったように見える」[※10]。シメさんは声の芯にひかれる。ハッとする。そうなのよ。みぞれがふりつづく。「……だから、舞い上がった決まり文句と現実の不確かさや頼りなさがこれほどまでにごちゃまぜになった時代はないし、革新志向がこれほど情熱的なのに、古い型通りの手順の支配がこれほど根本的な時代、社会全体がこれほど調和して見えるのに、社会を構成する諸要素の疎遠さがこれほど深い時代はなかった」[※11]。カール、ちょっと、ちょっとまってくれ。べつの訳では「そこでは、氾濫する美辞麗句《フレーズ》と不確実でぎこちない現実とが入り混じり、以前よりも熱狂的に革新を求める努力と、ますます根強く頑張るようになった古い習わしの支配とが入り混じり、社会全体は外見的には以前より調和しているかのように見えるのに、社会の構成員それぞれの間の疎外はもっと深刻になっているのだ」[※12]。カール、ここはすうっと頭にはいってこない。でもね、おぼろげながらわかるような気もするよ。すべてが、ことば（または、おことば）とまったくうらはらに、うとんじられている。げんじつはことば（ないし、おことば）をうらぎり、ことば（あるいは、おことば）ががげんじつをうらぎる。そうして「凡庸で滑稽な一人物が英雄の役割を演じることができるような事情や条件[※13]……」は、ねえ、ねえ、カール、過去のげんじつじゃあない。反復されてたどりいたった今日のことじゃないか。とにもかくにもオバンツァンが、かのじょのなかのみぞれをあるいている。けふ金曜日。月齢六・四。中潮。氾濫する美辞麗句と不確実でぎこちない現実……社会の構成員それぞれの間の疎外……。サイレンとホイッスル。仕掛け花火。オリンピック・パラリンピック。ねえ、カール、これはいつのことなの？　いまなの、むかしのことなの？　オバンツァンの胸に、かならずしもわざとらしくはない声（コール）がわく。築け！　夜、きれいに洗われた白い骨たちのバリケードを築け！　骨をさらせ！それぞれはそれぞれに瀕死になれ！　どこまでも瀕死に！　息たえだえに！

広場がある。焼け跡のエスパス。一面の、焼けただれた、まだらかな草地。白い表層がすべる。すこし青みがかった乳白色の、はば広の帯がひろがり、やさほい、すべり、ゆったりとうねったり、巻いたり。氷河ホワイトがぬめり、ひかる。とてもこまかな粒子が、狂った感情になって浮游している。えっ、狂うだと？　じゃあ、狂わないってなんだ。広場から音が吸いとられているじゃないの。音の根があやふやにされている。音を吸う聾《みみしい》た精虫たちが、みぞれになって、たくさん飛んでいるのだから。ねえ、カール、いまはどのようなことも想定できるし、どのようなことも想定できない。できることと、できないこと——もうさほどのちがいはない。さほどのちがいはなくなったのだ。シメさんがゆく。なにかが焼けるにおいがする。いやなにおいだ。なんだろう、生焼けのにおい。わからない。広場の入り口に、焼けのこった告知板がある。

「×××と×××は入るべからず」。×××と×××が、よくみえない。しかし、×××と×××がなんであるのか、はっきりとはわからないが、なんとなくわかるような気がする。なんとなく、だ。横書きの、ニッポン語のほかに、簡体字の中国語や諺文《オンモン》らしい字も書いてあるようだ。どうもはっきりしない。そうか、わざとみえないようにしているのか。だが、あまりかんがえない。×××と×××はそれでいいのだ。あまりかんがえないほうがいいのだ。むこうに鉄棒がみえる。かすんでいる。たぶん鉄棒だろう。だれも乗っていないブランコらしいものもみえる。あの白い二本の横線は、ベンチなのだろうか、ブロックノイズか。

シメさんがたちどまる。マ・キ・ヅ・メ。そうつぶやく。マキヅメ。巻き爪か。わかりかねる。わかりかねるが、わかる気もする。陥入爪《かんにゅうづめ》。思考の。彎曲爪《わんきょくづめ》。思念の。告知板に記されている。「……私は次のように明言しよう。すなわち、人間の抱く一切の企図が、遅かれ早かれ人間自身に刃を向けることになる以上は、理想的な社会形態を追求してもむだなことだ、と。人間の行為は、たとえ高潔なものであろうとも、結局は人間を粉砕するべく、人間の前に立ちふさがるのである」[※14]。カメの甲羅のような、にべもしゃしゃりもない断言。かくしたってかくしきれない衒《てら》い。てまえみそ。ねえ、カール、こんなのあたりまえすぎて、つまらないね。告知板のてまえ右手に、ビニール傘をさし、大きすぎる紳士靴をはいた老女。「目」の前だ。イナイムラ・シメさん。とうぜんのようにそこにいた。かのじょの透明ビニール傘をツツツ、ツツツとみぞれがすべりおちる。シメさんは×××でも×××でもないのだろうか。だからここにいるのだろうか。それとも、広場入り口の告知板はずいぶんむかしのもので、〝廃板〟なのに撤去されずにあるということなのか。撤去する人員さえもうのこっていないのだろうか。かつてそのような禁止条項があったらしいが、いまはとくに気にしなくてよい。そういうことなのかもしれないな。オバンツァンにかぎりとくに立ち入りを規制されていないのか、規制対象ではないか、あるいは、オバンツァンのほうで規制を無視したのか。それもはっきりとはわからない。しかしながら、シメさんは百年もまえからそうしているように、傘をさしてそこにいた。オバンツァンは、告知板より二十メートルほど広場内側に立ち、とおくのベンチの方角に顔をむけていた。いや、かのじょの顔はたまたまそちらにむいていたのであって、おそらく、むけていたのではないのだろう。ベンチの背後には、横にながい、黒い層がばくぜんと延びていた。森らしい。

ねえ、カール、オバンツァンは、ありていにもうしあげれば、だれにも望まれていなかったのだ。わたし／わたしたち／あなた／あなたたちが、げんみつには、だれにも望まれていないように、だ。どうじに、わたし／わたしたち／あなた／あなたたちが、げんみつには、だれをも望んでいないように、だ。では、シメさんのなにが望まれていなかったのか？　このさい、おもいきって言ってもよいかもしれない。ほぼなにもかも、である。在ることじたいをふくめ、かのじょにかんするほぼいっさいがっさいが望まれてはいなかった。でも、みぞれとかのじょはうまく融けあっているようにもみえた。オバンツァンはそうなるように演じていたのだろうか。かのじょはまるでそれが特技みたいに、みぞれと融けあっていた。あたかもそうすることを望まれているかのように。シメさんはなにかをよそおっていたのか。ではあるまい。あるいは、望まれていないものをよそおっていたのか。でもあるまい。かのじょはなにも演じてはいない。シメさんはあまりにもありふれたじじつそのものであるがゆえに、名づけえないものであった。十中八九まちがいない。ねえ、カール、かのじょはけっして演じえないものであった。かのじょは、はみだしたものでも余剰のものでもなかった。うがってかんがえるならば、気まぐれな慈善と慈善の悦びの対象とネタにはなりえただろう。それよりも、いっそなくてもよいものではあったかもしれない。かのじょはもはや「革命」にも「反革命」にも動員されない、そうしたものになんら利用できない、ストライキにもスト破りにも、建設にも破壊にもまるっきり役だたない（それらくっきりと対立する二項がまだあるかないかも、もんだいなのだが……)、卑怯な内通者としてもお呼びではない、ただたんに「目」の視界にのこってしまっただけの、大きな声では言えないが、ないほうがよいものだったかもしれない。ねえ、カール、シメさんとはいったいだれなのか。どなたなのか。今日のひとびとを代表する、なにものでもないものなのではないですか。

ねえ、カール、むかし、あなたは言いましたね。なにかそぞろに郷愁をさそう、さまざまの職種について。「……いかがわしい生計手段をもつ、いかがわしい素性の落ちぶれた貴族の放蕩児と並んで、身を持ち崩した冒険家的なブルジョワジーと並んで、浮浪者、除隊した兵士、出獄した懲役囚、脱走したガレー船奴隷、詐欺師、ペテン師、ラッツァローニ、すり、手品師、賭博師、ポン引き、売春宿経営者、荷物運搬人、日雇い労務者、手回しオルガン弾き、くず屋、刃物研ぎ師、鋳掛け屋、乞食、要するに、はっきりしない、混乱した、放り出された大衆[※15]……」とか「あらゆる階級のこのようなくず、ごみ、残り物[※15]

……」とかと。これらのいずれかにシメさんはがいとうするのだろうか。ねえ、カール、あなたは右のものたちをマジでののしっているの？　そうまでののしらなければならないかしらん。ニッポンではこんな翻訳もあった。「……なんで生計を立てているのかも、どんな素性の人間かもはっきりしない、おちぶれた放蕩者［Roués］とか、ぐれて冒険的な生活を送っているブルジョワの師弟とかのほかに、浮浪人、兵隊くずれ、前科者、逃亡した漕役囚、ぺてん師、香具師、ラッツァローニ、すり、手品師、ばくち打ち、ぜげん［Maquereau］、女郎屋の亭主、荷かつぎ人夫、文士、風琴ひき、くず屋、鋏とぎ屋、鋳かけ屋、こじき、要するに、はっきりしない、ばらばらになった、浮草のようにただよっている大衆……」「あらゆる階級のこれらのくず、ごみ、かす……」[※16]。なぜだろうね、カール、これらのあらゆる（いまとなっては〝コンプライアンス〟とやらにふれる）差別的な職名には、にもかかわらず、なつかしい、詩的な、ロマンティックなかおりがするね。わくわくするよ。ぞくぞくする。こだわるようだけれど、カール、「あらゆる階級のこれらのくず、ごみ、残り物……」は、「全階級から吐き出されたこういうヘド、クズ、カス……」[※17]とも訳されているよ。あげく、そのたぐいの存在は「要するにまったくどろどろに溶けてあちらこちらに吐き散らかされている人々……」[※17]だと言うんだから、カール、たまらないね。ふーむ、吐しゃ物としてのひとびとか。そうまで言いつのったカールと、ゲロ同然視されたものたちの双方に、それでも、親しみを感じるのはどうしてかな。おもしろいものだねえ。ルイには、こういうヘド、クズ、カスこそが「無条件に依拠できる唯一の階級」であることがわかっていたのだという記述もあって、なにかざわざわしてくる。「日雇い労務者」や「日雇い人夫」は、第二版では「売文屋」に差し替わっているというのも、じつに示唆的だね。カール、やっぱりすごいね。そのとおりさ。

ところで、カール、これら「いかがわしい」とされた職名のなかには、「ポン引き」(かずある翻訳のなかには、「女衒《ぜげん》」と訳したものもあるが、「ポン引き」と「女衒」は、しばしば同時兼業もありうるのだが、基本的にはことなった身すぎである）や「売春宿経営者」「女郎屋の亭主」はリストアップされているけれども、肝心の「娼婦（夫）」または「売春婦（夫）」はない。「めかけ」または「男めかけ」もないね。なぜかはわからない。ねえ、カール、ふしぎだよ。どうしてかねえ。売春宿経営者はいかがわしいけれども、娼婦（夫）はいかがわしくはない、ある意味、「階級的」ということなのだろうか。ヘドでもクズでもカスでもない、ということですかね。なるほど、それはそれでわかる気がする。で、右のリストには、たとえば、「臨時の首斬り役人」もない。これだけたくさんのなつかしい職名を列挙しながら、「いっぷう変わったストリッパー」または「いっぷう変わった見世物」はふくまれていないことにも気づかざるをえない。ねえ、カール、あなたのうっかりミスか。記入しわすれたのだろうか。たとえば、廃屋となった厩舎の暗がりで、さかったメスブタと、ぜんしん汗みずくになり、ブタの糞とけたたましい叫び声にまみれて、さんざ苦労して性交してみせて、見物客らからいくばくかの見物料をかせぐ、刺青《いれずみ》の元船乗り。かれは「いかがわしい生計手段をもつ」ものにぶんるいされないのだろうか。おなじく、廃屋となった厩舎の暗がりで、性器の闇に、生きたキジバトをまるごと頭からすっぽりといれてみせ、数分後に、仮死状態となったそれをとりだして、「えい！」とかけ声をかけ、蘇生させる芸をもつ、年増の貧しいおんな。かのじょは、なににぶんるいされるのだろう。手品師だろうか。あの元船乗りとブタ、おんなとキジバトは、客たちから真の感動の拍手をあびたものだ。とりわけ、元船乗りが、みせかけではなく、背中と腰をはげしくけいれんさせて、ほんとうにブタのなかに射精し、ほぼどうじにブタが鳴きやみ、聖なる静寂がおとずれたそのしゅんかん。キジバトが仮死の眠りからさめて、乳色の瞬膜《しゅんまく》をぱちくりと開く、汚れなきしゅんかん。木造厩舎の節穴からさしこむ幾筋かの光。かたりえぬ、なにかおぞましくも尊いおしえのようなもの。ねえ、カール、あなたはおそらく、それらをみたことがないのかもしれない。聞いたこともないのかもしれないね。それはなにもカールの落ち度ではない。シメさんにしたって聞いたこともみたこともないにちがいない。言うまでもなく、シメさんがわるいのではない。

にしても、カールやオバンツァンは、「いかがわしい生計手段をもつ、いかがわしい素性の……」ものからまったく無縁でいられたのであろうか。これのどれか、あるいはこれらから派生するなにかに無かんけいでいることはできたか。いかがわしいってどういうことか。世界にはいかがわしくないものがかつて存在したことがあるのだろうか。「慈善協会を設立するという口実で、パリのルンペンプロレタリアートが秘密部門に組織され、各部門はボナパルトのスパイに指揮され、全体の頂点にはボナパルト派の将軍〔ピア〕がいた」[※18]というのも、きょうみぶかい。映画みたいだ。慈善を口実になにかがたくらまれるのは、いまもおなじだ。「各部門はボナパルトのスパイに指揮され……」云々はどうだろう？　マルウェア。ユビキタス・コンピューティング。いつでも、どこでも、なんでも、だれでも、オバンツァンも、精力絶倫のホビットも、わざとらしい犬も。すべては遍在するのだ。すべて遍在するものが、自動的に、とくだんの意図もなく、監視されている。存在とは、ねえ、カール、意図なく、あまねく監視され、モニターされることなんだ。しかしながら、「全体の頂点」なんかどこにあるのだろうか。その一点を衝けば、たちまちにしてすべてが崩落することになる、ゆいいつの中枢部。ぜんたいというものがあり、その頂点があること。ないしは、そのような存在があるとかんがえること、そのようにかんがえられたこと、そうみなすことができたことは、ぜんたいも、その唯一無二の中枢も、どこにもありはしないとついに知るにいたるよりも、ねえ、カール、なんぼか倖せだったのではないでせうか。みぞれがふっている。「目」は宙を飛んでいる。猫背の小おとこがあるく。あらゆるこれらのものにも、みぞれはふるのだ。ふったのだ。ひとりのオバンツァン、シメさんは、いま「イタドリ…イヌタデ…オオイヌタデ…オオケタデ…ギシギシ…サクラタデ…スイバ…ボントクタデ…ミゾソバ…ミズヒキ……」などとつぶやいている。かのじょはみぞれにつつまれているようでもあったが、かのじょじしんがみぞれを生成し、口からそれをザワザワと吐きだしているようにもみえた。けっきょくは、ほぼおなじことなのだ、つつまれるのも、吐きだすのも。シメさんはみぞれだ。そう言ったとして、だれが害されるだろう。おなじい。おなじいのだ。クヅメラクガミ、やさほい、ラクヅメクガミ……。かのじょは存在者にも不在者にもみえた。ねえ、カール、ぜんたい、存在者と不在者にどれほどの異同があるであろうか。腰ぬかしておどろくようなちがいなどあるだろうか。もんだいは、存在なり不在なりになんとなく狎れることじゃないか。オバンツァン＝シメさんのすがたは、存在と不在の境目を感じさせなかった。かのじょはおそらく、存在と不在のちがいをあまり意識することも区別することもなく、はるかな森らしい黒い層に、むきあうでもなくむきあっていたのだ。やや強引な言い方かもしれないけれども、そうするほかに余地がなかった。オバンツァンはそこにそうしていることにかんし、じしん、うたがいをさしはさむ余地も、弁解の余地もなかったのだ。そのような状況をはたして「痛々しい」「いかがわしい」などと言うことは妥当だろうか。猫背のホビットだって痛々しくなんかはない。とくに憎たらしくもない。写真を切りぬいてピタリと貼りつけたような、ひじょうに小さなからだとふつりあいに大きな顔。首のない、善なる顔。善でーす、という顔。善以外を、およそだれからも望まれも想定もされない、そうされたこともない、悪とかわらない、たんなる善の顔。

ねえ、カール、オバンツァンがゆくのだ。足ひきずって、ビニール傘さして。みぞれの広場をゆくのだ。「こういうヘド、クズ、カス……」だらけの時代の広場を、たらたらと鼻水をたらして。いかがわしいヤーパンの猫背の小おとこが、おだやかな笑顔でつきしたがう。犬、シメさんをみあげる。犬、こんどは、どんな了見か、オボちゃんの顔で。オバンツァン、たちどまる。シメさん、泣いている。涙と鼻水が合流する。シアンブルーの「目」がみおろしている。「目」も泣いている。「目」からもみぞれがふる。黒い鳥たちが舞う。とおくでサイレンがうなっている。ホイッスルもなっているよ。頭蓋で、ボンボンと景気よくうちあげ花火があがるよ。あそこに黒い森がみえるよ。黒い森、どんどんふくらむ。どんどんふくらむ黒い森に、オバンツァンがむかうよ。あの黒い森で、わたし、ミミズを焚くのよ、たくさん燃やすの、ミミズを。森ゆれるよ。森うねくるよ。森うごくよ。黒い森がまっ赤に燃えだす。なまぐさいよ。

※1　オバンツァン――おばあさんのこと
※2　カール・マルクス『ルイ・ボナパルトのブリュメール18日〔初版〕』（植村邦彦＝訳　二〇〇八年）平凡社ライブラリー　第五章　105頁
※3　同『ルイ・ボナパルトのブリュメール一八日』（市橋秀泰＝訳　二〇一四年）新日本出版社〈科学的社会主義の古典選書〉98頁

※4　同『ルイ・ボナパルトのブリュメール一八日』(村田陽一＝訳　一九七一年)大月書店〈国民文庫＝32〉 90頁
※5　平凡社ライブラリー版　16頁
※6　新日本出版社版　11頁
※7　平凡社ライブラリー版　16頁
※8　大月書店版　17頁
※9　新日本出版社版　11頁
※10　平凡社ライブラリー版　21頁
※11　平凡社ライブラリー版　26頁
※12　新日本出版社版　23頁
※13　大月書店版　10頁
※14　E・M・シオラン『歴史とユートピア』(出口裕弘＝訳　一九六七年)「日本版への序」紀伊國屋書店
※15　『ルイ・ボナパルトのブリュメール18日[初版]』　平凡社ライブラリー版　104頁

※16　大月書店版　89～90頁

※17　新日本出版社版　97頁。100頁の注には、「第二版では、『売文屋』」としている。

※18　平凡社ライブラリー版　104頁

Ⅲ 骨

声

歯科医師は歯で、眼科医は目で、ときどき患者のひととなりを判断したりするらしい。では、わたしはなにをもってひとの内面を推し量っているだろう？服装、所作、顔つき、押しだし……よくよくかんがえれば、どれでもない。声である、声。姿はみえなくてよい。なまじいみえないほうがよい。音楽を消し、灯りを落として、ひとの音声にのみ耳をすます。すると、声は闇にくっきりと浮きでてくる。声は無機物ではない。露骨なほどの有機物であるからだ。

ひとの器量はどのみち声音にでる。ウソも声調にあらわれる。狡猾も欺瞞も純情も誠実も老若も、それらのふりも、おおむね声ににじむ。声とは、人間がとりかえしのつかないかっこうで外界に露出していることのあかしである。声をうしなった人は息づかいが声を代行する。だが、楽観はできない。わたしたちの声は届けたいひとにちゃんと届いているだろうか。じぶんの声はどこにも届いていないのに、他人の声ばかりが聞こえる、そんな時代に生きてはいないか。わたしたちは発語される声にみはなされていはしないか……。

沈黙もあるしゅの声である。能弁がよくじぶんをつたえるとはかぎらない。ひたすら口をつぐみ、他者の声にじっと耳をかたむける。すると、しだいにじぶんがみえてきたりする。うかつで無遠慮で無神経で無恥なじぶんの声が聞こえてくる。

路地

路地に惹かれる。横町や路地をみかけると知らず知らずに吸いこまれてしまう。このような性向や気質がいっぱんにあるのかわからない――「路地ずき」。あるとしたら、どんなひとだろうか。路地に棲まうものではなかろう。どこからかそこに迷い入るひと。なにかを追うよりはなにかに追われるもの。白昼よりは、夜ふけや未明に、意識が研ぎすまされてしまうひと。熟睡できず、さりとて起きて闊歩する気力もないひと。喉もとになにかの罪の液を湛《たた》えたり沈めたりしているもの……かもしれない。路地はある。かつてあった。なければ、それをつくればよいだけの話だ。からだの内であれ外であれ。モリス・ブランショふうに譬《たと》えれば、路地はどのみち、現存させられている。夜のように。

黒ずんだ壁や石塀にはさまれたそこは、まだらに翳《かげ》っていて、かえりみられない遺跡のような湿り気がある。人畜が皮袋の奥から放《ひ》りだすもわりとした臭気がただよい、まだ汗と垢の洗われおちていない、幾枚もの洗濯物をぬってきた風とまざりあい、それらがさらに舗石のくぼみやひび割れた壁面に生えた苔《こけ》や黴《かび》としずかに呼吸しあう。そうして、古びた時間の、なつかしく、しかし、どこか気が差さずにはいられないにおいが生成されている。なぜ？　仔細はかんがえなくてよい。うねうねと蛇行する、疲れた年寄りの消化管みたいなそこをあるくということは、ぬけだせないそこから、ぬけだすべくそこに入ったということだ。ぬけだせたとて、からだのなかにだって、これまで経巡《へめぐ》ってきたぶんだけの路地があるのだから、すぐまたそこにずり落ちて、迷い入るだけのことである。

休業中の映画館とパチンコ店の壁にはさまれた路地のずっと先に、碧色《へきしょく》のとばりのようなものが幽《かす》かにみえる。まさかあれが海であるわけがなく、川であるわけもないけれども、と思いつつ、思いを棄てもしない。半身を斜めに路地にさし入れて暗がりの奥に目をこらす。碧色だったものは目路《めじ》のむこうで、はなだ色にかわっていて、あれっといぶかる。けっきょく、そうして路地に囚《とら》われ、路地のひととなる。クリーニング屋の裏手。蕎麦屋の裏背戸。煮汁のような滑《ぬめ》りを足指に力を入れてふんであるく。足裏が温《ぬ》くい。キジトラ模様の孕んだネコが、いっしゅんだけこちらに金色の視線を投げてよこぎっていく。ふと、だれかの頭皮のにおいが鼻をうつ。すかさずココナツオイルの香りがかぶさる。路地がコルカタの路地に連結している。

この路地の奥には祝子《はふりこ》だか占い師だかが棲まうという。みたことはない。昔時の雪ふる夜、そのあたりで乳のみ児が泣いていた。ゆきだおれた母は死んでいた。路地のひとびとは嬰児のために、急きょ、みなで町内のチモチをさがしたという。チモチ? 赤ん坊を生《な》したばかりで乳房のはった女というから「乳もち」と書くのか。チチモチの聞きちがいだったかしらん。チモチだかチチモチだかは、ほとばしる乳をその子にのませた。路地に乳があふれ、空気が白濁し、むせるほどのにおいがひろがる。乳をこいで路地をゆくと、壁ごしに声が聞こえてくる。朗読会だろうか。唱和会か。まずひとりがとなえる。ややかん高い声で。「シシャニハヤスラギヲ、ソシテ、イキルモノニハ、サラナルセイヲ……」。のぶとい男たちの声がつづく。脅すように。「死者にはやすらぎを、そして、生きるものには、さらなる生を……」。碧色のとばりをさがす。あるいは、はなだ色の希望を路地の奥にみようとする。てまえの、交叉する小径に緑青色の闇がたなびいている。

どこからか百叩きの音がする。だれかがだれかに臀部か腹部をヘラのようなもので叩かれているのだろうか。規則的に。パーン・パーン・パーン……。音はなんの理由もなく音につけくわえられる。もの憂い日々の習慣のように。ときどき、おしころしたうなり声が路地にこぼれる。パーン・ウッ・パーン・ウッ・パーン……。懲罰か愉《たの》しみか虐待か拷問かプレイか、もしくは買ってでた受苦か——わかりはしない。それぞれがそれぞれに思う。もしくは、きれぎれにしか思わない。思考はとぎれる。いつからか、そのようになっている。まとまらない。深まらない。深めない。聞くものはそれぞれの事情で想像し、あるいはまったく想像しない。意味のない疑問——路地は宿主《しゅくしゅ》なのだろうか。世界とは路地なのか。終宿主《しゅうしゅくしゅ》の路地なのか。ここは中間宿主の路地なのか……。かんがえないことだ。かんがえることはあるしゅの病気だ。と、卒然として血のような赤をみた。おかっぱの少女がむこうからやってくる。串刺しの、まっ赤なサンザシ飴を食いながら。口角を耳のあたりまでまっ赤にして。上目づかいに、さもうたがわし気にわたしをみる。すれちがう。サンザシ飴の串が肘にふれる。あまずっぱい。寒い。

なにをめざしているのだろうか。ここになぜ在るのか。なにもめざしてはいないのか。なにかにびっしりと囲繞《いじょう》されていたいのか。意図はなにか。路地をあるくことじたいか。路地をぬけでることとか。なにに追われているのか。ほんとうに追われているのか。だれも追ってはいないのではないか。なにかに追われたいのか。なぜ追われたいのか。そうだ、些細なことを、なにか忘れてやしないか。思いだしたほうがよいのだろうか。思いださないほうが身のためか。手がかりはあるのだろうか。隘路に鼠壁《ねずみかべ》がせりだしている。そばの電柱があんなに傾いでいる。なす紺色の宵が鼠壁をはいのぼってゆく。電柱の根もとにだれかがしゃがんでいた。銀鼠の髪をした老女。音もなく吐いている。宵を。うすい背中をさすってやる。また宵が吐かれる。背からほのかにサンザシの香りがたちのぼる。宵がながれている。この路地からコルカタの路地へと。

馬のなかの夜と港

黒い巨大な馬が一頭、まなかいをよぎって消えた。うらうらと陽の照りわたる休日の昼下がりに。馬の幻影は毎度のことだから、べつにおどろかず、こだわらない。蒸れた藁《わら》と泥んこと馬の汗の、消えのこるにおいが、何十年も鼻孔にはある。

都心にでたら、人もビルも半透明の柔らかな暈《かさ》でもかかったように円やかに清潔にみえた。都市という怪獣に身がまえる気組み（わたしの癖）が徐々に失せる。カフェでは若い男女がノルウェージャンフォレストキャットというネコの食欲の減退について談じている。「生肉をあげてみたらどうかしらね……」。

ナマニクの発音にどきりとする。隣のテーブルでは女性たち三人が全員、うつむいてスマートフォンをいじっている。ワインレッドやオーロラピンクの爪をつけた細い指たちが液晶画面をツルツルとすべる。

静かだ。いま、砲声はない。銃声もない。血のにおいも悲鳴も硝煙のたなびきもありはしない。だれもテロやその犠牲者の話なんかしてやしない。移民や難民やかれらとのつきあいかたなんぞ話題にのぼってはいない。だいいち、どこからも口論や諍《いさか》いの声が聞こえない。

やがて気づく。女といい男といい、客らの面差しの似たようなきれいさ、ある種の規格どおりの端正さに。声音と口ぶりの、まるでおなじ音譜を謡《うた》うような共通の調子に感心し、少し戦《おのの》く。が、顔や声とはかつて、もっと各人各様の凹凸と輪郭があり、それぞれに尖ったり、凪いだり、時化《しけ》たり、決壊したりするものではなかったのか。

自動ドアがひらく。視線をむける。爆発的な光の束が斜めに侵襲してきたので、すぐに目を瞑《つむ》る。直前、光を背負った影をみた気がする。一刹那、血まみれの子どもを抱いた母親が飛びこんできたのではないかと錯視し、ただちにうち消す。

ふといぶかる。その昔、ひとはなぜ老け顔をしていたのか。まだ十代、二十代なのにすっかり老成したかのごとくにふるまい、「存在の証」についてしかつめらしく弁じたりしたのか。なぜそうできたか。逆に、いまはなにゆえこんなにも若者が幼くみえるのか。人という実在はきょうび、なぜ、かほどに希薄なのか。携帯電話で動画を見ている人がつぶやく。「これ、なつい、よね」。なつかしいということらしい。音のかろみと乾きに、急に気疎《けうと》くなり、身内に深々《しんしん》と古錆びのような疲れが湧く。

喉もとが痒い。胸もとから、なにかがせりあがってきたり、すーっと引っこんだりしている。風景と声と息。脚の太い老いた黒馬がまたも目に浮かぶ。肥え桶かなにかの重い荷をひく馬が、疲労か病気のせいだろう、凍りかけた泥道でよろけている。ほれっ、ほれっ、ほうほう……目つきの鋭い馬方《うまかた》がかん高い声で叱咤し、容赦なく鞭をやる。ほれっ、ほれっ、ほうほう……黒馬は赤い血の筋を走らせた目をむきだし、黄色い歯の奥から真っ白の泡を吹いている。馬はやがてつんのめり、二、三度地を掻くように蹴ってからたち崩れ、どうと泥のなかに倒れる。その振動で大地が揺れ、空気がびりりとひきつった。

馬の横顔はいまや眼下にあった。鰓《えら》がまるで汀線のように長大で、その曲線は優雅に、いや、おごそかにさえみえた。馬は歯ぐきをむきだし、苦悶のためか、口とおとがいが左右に大きくずれている。しけった藁と、馬糞、いがらっぽい汗のにおい、剣呑なかけ声……それらの混合がそのとき、世界中のすべてをつつんだ。幼児のわたしはそう思ったものだ。そして、轡《くつわ》をこれでもかこれでもかとひっぱる馬方の横顔、筋ばった首……。かれは、まだ若かっただろうに、ずいぶんと老けてみえた。全力で世界と戦っていた。ほれっ、ほれっ、ほうほう……。

その風景のなかにつつまれる、わたし自身をふくむ、すべての存在物（の実在性）をわたしはまったく疑わなかった。風景には風景をソフトにみせる皮膜やフィルターがなかった。意識するまでもなく、そこに「存在の不確かさ」なんかなかったのだ。在るものは、ありていに在った。人だかりができていた。だれもがみすぼらしい服を着ていた。だれも撮影するものはなく、だれもスマートフォンなどもってはいなかった。

いらだつ馬方はときどき、いとけない目をした。かれは泥だらけのゴム長の足で思いきり馬の首を蹴った。ドスッと鈍い音がした。バカ、起て！　バカ、起て！　半ばべそをかきながら、なんども蹴った。馬は聖者のような目をみひらいたままビクともうごかなかった。たぶん、その場のだれも、ひどいことをするとは思わなかったろう。やめなさいと忠告する見物人もいなかった。わたしはうちたおれた馬と若い馬方のいる景色の、善し悪しではなく、聖性さえはらむ生と死の気配に打たれた。

老馬は葡萄《ぶどう》色の舌を垂らし、あえぎながら口からもわもわと青白い霧を吐いた。馬方の顔は哲人のようにも嗜虐者《しぎゃくしゃ》のようにもみえた。潮の香りがうすくただよっていた。その風景に立ち会えたわたしはじつに幸運であった。乱暴な仕儀にも強烈な愛に似た感情の点滅があると感じることができたのだから。倒れた老馬を基底にしたシーンはなによりも、疑いようもない原質そのものであった。遠くに漁船の汽笛が聞こえた。

それらの声と音とにおいは、おそらく、死にゆく馬のなかの夜と港からただよっていたのだ。

骨

おい、骨よ！

おい、骨よ！　なにがみえる？
おい、骨よ！　なにがみえている？
おい、骨よ！　緑が眩しいか？
おい、骨よ！　うれしいか？
おい、骨よ！　かなしいか？
おい、骨よ！　カラカラと泣いているのか？

おい、骨よ！　これが斃《たお》したかった世界なのか？
おい、骨よ！　これが斃したかったやつらなのか？
おい、骨よ！　これが斃すにあたいするものなのか？
おい、骨よ！　これが血を吐いて詫びるにあたいする世か？
おい、骨よ！　これが悔恨にあたいする世か？
おい、骨よ！「四顧茫々と　霞」むここは、「無」の底だ
おい、骨よ！　斃すに斃せない、無限の無意味だ
おい、骨よ！　友よ！

（二〇一七年六月五日）

Ⅳ　純粋な幸福

1　番《つが》う松林

いまここに在り、在りつづけるだろうものではなく、かすみ、かすれ、消えゆくものだけが慕《した》わしいのは、そのものではなく、消えゆくうつろいを、いとおしんでいるのだ。うすれゆくときを。たぶん。消失をおしむおのれの感情とあそんでいるのじゃないか。ひとじゃない。ものじゃあない。きもちのふるえと戯れていやがる。ゆらぐ位相にあっては、たとえば、松林の松葉をもいで（におい たつ青汁）、奥歯で嚙め。にが汁をのめ。無明の世界の、ただたんに在る（だけの）浜辺の、各人任意の尼僧たちよ。そう、あなたでなくったっていいのだ、なにもわたしやわたしたちでなくても。シスターはとくにシスターでなくてもよい。松葉を嚙みしだく、なま白い太り肉《じし》。ひなさき。まめ。おまめちゃん。すなわち、前面のくぼみの中央の、チョンと小さく突きでたところ。ひなさきおさねさん。ね、アカマツをだきなさいよ。アカマツはだかれろ。だかれてやれよ。だかれるとみせかけて、ずんと突き刺せ。番え。樹皮を、黒く、しとどに濡らせ。なにもとくべつではない、かりそめの、てか、どことなく卑猥な過去の松林よ。そのばかぎりの松茸よ。カリよ、テカるカリ首よ。タコよ。マダコよ。ウツボよ。まっ青なハナヒゲウツボよ。おもいつきの松葉くずし※1よ。ウィンウィンで、と、言われ、ウィンウィンね、と、バカが調子をあわせてからに、さんざやりまくって、さすがに困憊《こんぱい》し、うっ血して、やっとぬけだしたら、すでに半夜。すべてはあらかた終わっていた。泣くにも泣けやしない。おまえはこれまでなにをしてい(き)たのか。おまえとはそもだれか、わたしとは。そばに立つさへみえざれば、ぬばたまの闇の樹下にて、ほんらい(とはなにか)問うべき(えっ、べき?)問い(とはなにか)を問うてみよ。恥ずかしげもなく。もしくは眠れ。スリバチムシの砂の眠りを、いぎたなく。もしくは番え。クロマツと、立位で。もしくは、域外に逃げよ。だれも案じやしないさ。気づきもしない。この域内、ウィンウィンで、けっきょく、ずいぶん死んだのだよ。ウィンウィン、ゲロゲロと、腸とか血とかだして。あたまかち割られて。脳漿だして。ドロドロと。そういうものだ。つねに死ぬ。ごくかんたんに死にます。逝く。ゆく。いっちゃう。つぎつぎにゆくのだ。πの砂地を。どこまでも明けない砂丘を。さくさくと。はだしで。じぶん、チン、おかちにて、みそなはせたまふ。純粋《ピュア》な幸福をもとめて。砂丘から松林に。松林を。松茸で。番う松林を。うしろやぐらで。松林は番う。番い、殺す松林。うしろにだれかがいる。と、おもう。そうおもってみる。つけられている。と仮定する。あ、あなたは、たらちねの母か。ほっこり陰阜《いんぷ》の尼僧さんか。おたがい気づいていて、気づかぬふり。となえる……ボンサンガ、ヘヲコイタ。いきなりふりかえる。なにか、樹のかげにさっとかくれる。あたり、すぐにしずかになる。終わっているのだ。なにもない。ここはどこでもない。なんとなくきもちがいい。どろどろの血液、じょじょにさらさらになる。松林はよい。松原は。まつばやしはよひ。番ひたくなる。そこをぬってゆくのはよい。なぜかしらとはおもわぬ。もやもやがとれる、もやもやが。夜明けまえの、πの砂地の、パイン・グロウヴはよいのである。もうあらかじめ知っている。それとなく感じさせられている。さえざえと、おもっている。松原のかげで、だれか多くのものたちが、だれかひとりを無言でリンチしている。と仮想する。それをpとするならばqなんだぜ、事態は。影絵。それぞれが鉄の棒をふるう。ぶんぶん。ずんずん。ばきばき。松の枝ごしに、にぶい肉の音がする。背骨のへしおれる（とおもわれる）音。そうではないのかもしれない。そうであると言えないこともない。ちかづくと、だれか多くのものたち（なかに父はいないとおもわれる。とおもいたがるじぶん）がいっせいにこちらをふりかえり、いちどきに笑顔をみせ、（おのおの背で、赤黒くなってうずくまるものをかくし）どうじに、こちらに会釈なんかしてみせ「いまね、地域のアカイヌ[※2]を一頭みんなでしめてるんですよ、アカイヌ。じきに終わります。あんたもいっしょに食いますかね」と、おそらく台本どおりのことを大声でこよなく明朗に、よどみなく言うはずだから、ちかづきはしない。写メを撮られるかもしれないし。アカイヌ。赤犬。むかし、地域ではアカイヌがこのんで食われた。鍋。炊きこみご飯。からだがあったまるって。食われる身にもなってみろよ。にしたって、いやな符牒だ。アカイヌ。だれか多くのものたち(社員、契約社員、刑事または党員、シンパまたは内通者または付和随行者……複数の女をふくむ)のなかに、だれがいたのか。おもいあたっても、あまりおもうな。さぐるな。同心円から、なるたけ遠ざかれ。遠ざかれ。イメージをスクロールせよ。ほらね、ほらほらね、変わってきましたよ。波うちぎわに、雲つくばかりのマッコウクジラが五頭もうちあげられているだろう。闇より漏《く》きし巨大な無意味。いつまでも区々としてまとまらない海辺の景色＝無・密度。ぜんたいがもう終わっているのに、部分として、まだ死んではいない、もう死んでいるのもいる、マッコウクジラたち。まさか、まだだろう、まだだらう、ばかでかい終焉のマッコウクジラよ。CMとしての大いなる形《かたち》よ。このごにおよんで、CMとして、あまなふクジラよ。くずれゆく偶蹄目《ぐうていもく》の、ばかげた巨大抽象よ。しかしながら、いったい、ひとつでもばかげていないものがある（あった）だろうか。ね、メラニア、おしへて。恥丘のかげにのぞくドングリのちかいってなに？　細密でもあるりんかく。ほら、あそこでウルシグサが息しているじゃないか。CGなんだけどね、枯死と酸と、かそけき青変《せいへん》。鉄紺から留紺《とめこん》の、宵の幕を、ぞぞぞーっとなぞる、海からの、なまぐさい風。浦風。嗅ぎようによっては、淫風。メラニアのではない、ひがしのみつこさんの、あまりにもリアルな臀部からの。アルカイックな。おねがひです。おまめおなめします。たのみます。いんぷうかろんじるなかれ、です。イヴァンカのじゃあない、ひがしのみつこ先生の、白い、やわらかなフランネルのパンツ。ごくゆるいしあわせの、ぬるい淫風。地域の安全はそのでいどでよいのではないかしら。オプティマムっていう（いった）じゃないですか。最適か適切か不適切か。ひがしのみつこさんのてきせつな、またがみ。ピンクのまんさく。ヨアヒムの陽根。イッヒの世界の外部をこの地域に暗示したシュヴァンツ。マッコウクジラの最期の息。死せるマッコウクジラはじゅんばんに、目から肝臓、肺、腸へと腐りはて、体内にガスをため、ぱんぱんにふくらみ、五機の黒い飛行船ツェッペリンとなって宙にうかび、じゅんじゅんに爆発する。ドッカーン・ドッカーン・ドッカーン・ドッカーン・ドッカーン。閃光。破砕されたクジラのかけらがふりそそぐ闇夜。くさいのだよ、とても。くっせえのなんの。闇の錦。そこだよ、そこ。いい。とてもよひ。尾の身がふってくるんだ。まめ（腎臓）も。おまめも。ひゃくひろ（小腸）も。こなごなになって。両手をあげてそれらを浴びる。しあわせはそこにもある。おちこちにね、クシュナーくん。その間《かん》、生松脂《なままつやに》がとろとろと闇にたれている。なままつやには、よひ。よいのだ。なにか、かなり露骨なのだけれども、ごくあたりまえで。無理なく、あまなふことだ、さしあたりは。まっ赤なトサカちゃんが息づく。松林のほうぼうに屍蝋《しろう》は在る。それらは在らねばならない、といふことでもない。なくてもよい。枝々に、なくてもよひ白首の髑髏《されこうべ》は在る。からからと在った。なくてもよひのに。枝という枝に、ぼんやりと、白く、うす赤い、むらぎもがたれさがっている。でろーんでろーん、と。それらも生松脂とともに、ひどくにおう。におったっていいじゃないか。だいたい、ピュアな幸福がにおわないわけがない。いったい、におわないしあわせがどこにあるというのだろうか。だからね、終わってもなお番う松原をゆく。いくのさ。海から、ながい髪の毛の風が吹く。松の枝にまつわる髪がすすり泣く。あしうらになにか踏む。まつかさちゃん。まつぼっくりちゃん。まつふぐりちゃん。風は髪となり松林をぬけてくる。なんてくさい髪。鯨油くさい。父の自転車をウエスでみがいた。ズロースのウエス。背に海鳴りきいて。父の幸福のために。春天に両のふぐりを雄々しく張らせたわが父（元帝国陸軍支那派遣軍少尉）のために、一心に自転車をみがいた。チェーンにも歯ブラシで鯨油をぬりこんだ。ハブにもスポークにも鯨油をぬった。たっぷりと。たんねんにみがいた。鯨油はマッコウクジラのじゃない。セミクジラ科・コククジラ科・ナガスクジラ科のヒゲクジラの、とても安価な鯨油だよ。かれらヒゲクジラは角質板からなるところの無数の鯨鬚《くじらひげ》※3で大量のプランクトンを濾過して食う。つまり、こしわける。無意識に、こして、無意識に、わける。東京特許濾過食。でも、鯨油はくさいよ。ハエがたかるよ。元帝国陸軍少尉は、鯨油くさい自転車をシャリシャリとこいで、入り江の道をひた走る。べつに悪気はなかったろう。スポークが光るよ。サイクリングサイクリング・ヤホーッヤホーッ。ヒゲクジラの脂くさい自転車とそれに乗った父を、たくさんの野良犬どもが狂喜して吠え、追いかける。シャリシャリ・タッタタッタ・シャリシャリ・タッタタッタ。そのさい、人・自転車・鯨油は、洟《はな》をたらした犬たち（全員ジステンパー罹患犬なので）によってかならずしもめいかくに区別されない。峻別されない人・自転車・鯨油の三つは、入り江の道を疾駆する、なんらかの一個体であると、犬どもによってばくぜんと認識される。ないし、やせこけた赤犬をふくむジステンパーの犬どもは、たんにやみくもであった。と、数頭がジャ——ンプ。青い洟汁《はなじる》が宙に線をひき、キラキラと光る。父、噛みつかれ、ふくらはぎ、および臑《すね》の肉を、白き骨みゆるほどに噛みとられ、あげく、右の睾丸ぶちりと噛みちぎらるるも、しかし、低く叫びつ、喉の奥でくくくくくと呻きつ、それでも、入り江の色のゆたけき眺めつつ、入り江の道をはしったのだった。ここは、がまんだ、がまん。ここは、たとへ死すとも大御心《おおみこころ》にむくひたてまつらむ。鯨油の自転車が、鯨油と犬の洟にまみれ、ぬらぬらと光った、その光……。海と入り江と体液が、やれほれと雑乱し照りはえる、その光の雫《しずく》……。サドルの血糊。くわうるに陰火だよ、陰火。うすく消えゆく人魂よ。おもへ。おもへよ。まつもとくみこさんも、うめやまさわこさんも、松林の奥ですこやかにねむっているのだ。番《つがい》の松原の奥の奥で、ふかいねむりをねむっているのだ。しずやかな、ふたつの心窩《しんか》。発酵する麺麭《パン》たち。にほふ股たちの、あたたかな麺麭。ぼくにもひときれおくれ。疲れを知らないイースト菌よ。まなぶたよ。絖《ぬめ》の光のなかを、おんなたちは、てんでに背泳ぎを泳いでねむっている。まつもとくみこさんは、うめやまさわこさんより、ひとつとしうえなのだ。しかしだ、とししたでもよいのではないか。まつもとくみこさんはあるきながら、よく後ろをふりむく。ボンサンガ、ヘヲコイタ。なにか（わたしかもしれない）は、さっとかくれる。浜辺の電柱（松の木だったか）のかげに。かくれてじょーじょーと立ち小便している。プレイなんだよ、プレイ。いや、プレイなんかじゃない。いきおいなんだ、つぎつぎになりゆくいきほひなんだよ。うめやまさわこさんは表情をかえない。ねむそうな目をしている。ふたりとも地域から「良民証」を発給されている。なぜって、すごく良民だからだ。地域の良民また番う。番の松原の奥の奥は、マッコウクジラのまろいドーム状の頭部の奥へといたる。奥っていい。きらめく風と光。ザイン・イスト・ニヒツ。まつもとくみこさんも、うめやまさわこさんも、いまは松林でねむっている。それとも、とうに死んでいるのですか。やすだひろこさんも、あなた、どうか現前されたい。お父上はおげんきですか。母上は。無数のしわをきざまれた顔と肛門たちの記憶にかこまれる、純粋な幸福の無意識。あざとい多幸感。松林の奥の宙にぽかりぽかりとうかび、あおむけにねむるものたち。死生の閾をおよぐ、たっしゃな耳たち。内耳の松林。意識消えても耳は聞いている。逝く者は、かなりのあいだ、他者の声を聞く。生きるものの声、死者に聞かれる。とみなされる。海辺の銭湯・南海湯にはとほうもなく大きな耳とペニスをもつ、糖尿病のヨアヒム・エクハルト牧師がくる（きたものだ）。メラニア、ここはだまってきいてほしい。地域の銭湯の客は、牧師の陰茎とふぐりをみるのをたのしみにしていた。つまり、おもわぬ眼福にあずかるのを。小さなしあわせ。地域のきずなってそういふものだ。糖尿病が悪化するまえ、ヨアヒムは番の松林でひがしのみつこさんの告解を聴きつつ、ネルのパンツの下に指をはわせたものであった。でも、牧師のいちもつは死んだタコ。ひがしのみつこさんのどりょくでけっきょく、なんとか番いはした(じじつじょうのラスト・ファックだった)けれど、糖尿病はいさいかまわず進行した。食習慣上そうとうのかっとうがありながらも、エクハルト牧師はまいにち、けんめいにタコ[※4](蛸)=Krakeを食った。死ぬまで、つごう三百杯のマダコを食ったのだった。イヴァンカ、吐かないで。吐くんじゃない、ビッチ。ね、ハニー、しんじるもしんじないもないのだ、タコ三百杯(吸盤無数)なんだよ。あんたのタコおやじにつたえてね。「タコのクソでアタマにあがる[※5]」って。タコはまじ糖尿病にきくのよ。タコたくさん食べて。ビッチ。牧師の肉厚の耳は、ネルのパンツをはいた、ひがしのみつこさんにささやかれた。ヨアヒムはうなずいた。ダンケ。セカンドオピニオンはもとめられなかった。タコのディル炒め。新タマネギのサワー漬けタコブツ。タコのからあげ。ガリシア風ゆでダコ。タコの炊きこみご飯。けふもクラーケ、あしたもクラーケ。あさってもクラーケ……。タコタコタコタコタコタコ……。世界はつうじょう、世界をまよわず実体的に前提する行為者と思考（空想）者のまえに（のみ）ひらかれる。はずであったが、牧師は失明した。ついで両下肢壊死—切断—昇天。前夜祭で、ひがしのみつこさんはみた。死せるヨアヒムが小さくあくびし、とじたまぶたのしたで目玉をくりくりとうごかすのを。香油がヨアヒムの全身にぬられた。しわだらけの睾丸にも、香油がもみこまれた。ひがしのみつこさんはタコをしごくようりょうでそれをしっかりとやりとげた。ヨアヒムは服をきせられ（もちろんズボンもはかされて）、番の松林に土葬された。ひがしのみつこさんはおもった。ヨアヒムは生前、ひがしのみつこさんに、タコにかんしてひとくさり、しみじみとかたったのだった。みつこ、一杯のクラーケには八つのこころがあるのだよ。足にふくまれた八つの独自なこころといってもよい。タコにはタコの、八とおりのかんがえがあるのだ。二杯のタコなら、十六とおりのこころ。そのことがかえってタコの孤独をふかめる。はげしく波うつ孤独。アインザームカイト。一杯のタコは一生のほぼ二年間、一杯あたりそれぞれ八とおりの孤独と戦っているのだ。einsamkeit と。松林の、ちょうどヨアヒムが土葬されたあたりで焚き火がちろちろと猩々《しょうじょう》緋《ひ》色に焚かれていた。ひがしのみつこさんが主導して焚いているとみられる。教え子のあべきょうこさんも、えんりょがちに焚き火をちゅうしんとする同心円のなかにいた。松林が小さな炎にゆらめく。声がきこえる。「このおくびょうふぐり！」「ればにらでおまちのおさねちゃん……」。まつもとくみこさんの声だらうか。それに、ひがしのみつこさんらしい声が、とぎれとぎれにかさなる。「であったんじゃなくてであわれた、であわれた……はまぐりなのよ」「いっぱんに……いんけいぶだんさの……けいたいはきわめてふあんていである……」。うめやまさわこさんのふっくらしたほっぺが火に照らされて桃になった。うめやまさわこさんはしゃがんでいた。ネルのパンツから、うめやまさわこさんのトサカ[※6]（肉質冠状突起）の三角の頂点が、ちょっぴり赤みをましてのぞいている。もう終わっているというのに。まめ。おまめ。ある意味で、すこぶるげんきなのだ。炎のゆれにトサカもゆれて、なにか幸福感がただよっている。これでよい。そういっても過言ではないだろう。過言かどうかなどいまさら斟酌したってせんない。トサカとそのもちぬしは、トサカとそのもちぬしの意向や欲求のいかんとはかかわりなしに、衰微し変色し、しわをこしらえる。それはそれでよひ。番の松林とは、倦怠と疲労のはての終わりの「場」なのである。つきせぬ〈飽き〉（またはつきせぬ〈飽きあき〉）とつきせぬ嫌悪（うんざり）がこしらえる松原。そして、番の松林は海側ではなく陸側にいっせいに少しずつ、ずるずると移動していた。松林はいわば、みんなでぞろぞろあるいているのだった。番の松林にはいろんなものが埋まって（埋められて）いるからである。なにが埋められて（埋まって）いるか、だれもあまり憶えていない。忘れられたものによって状況がうごかされ（てい）るということはままある。あべきょうこさんは番の松林のいっかくにあるシセツに父あべせいごさんをしばしばみまいにいく。あべせいごさんは娘にあうたびに、しあわせかどうか、しつこく問うた。Are you happy?

あべきょうこさんはYes, I feel very happyとこたえるのがつねだった。あべせいごさんは月に三万回もまったくおなじ問いを問い、あべきょうこさんは月にほぼ二万回もまったくおなじこたえをこたえた。あべせいごさんは、でも、きょうこさんがゆだんしていると、「そして、この世でいちばんたいせつなのはしあわせなのだから……」and happiness is the best thing in the worldなどと、英文対訳のかたちで、声にだして持論を述懐したりした。あべせいごさんはちかごろ、ずいぶんあんていしていた。しかしながら、かえりみれば、あんていとはなにか。だれにとっての、いかなるそれでありうるのか、あんていとは。松林のシセツの、顔と髪型がキムジョンウンに似た医者はなんども、クランケはあんていしていると言った。言外に、じぶん（医者）よりもよほどあんていしている、とほのめかしていた。というか、そのように言いたげだった。クランケはうらやましいほどあんていしている、と。ただ、時間と空間のかんけいがとらえきれなくなっている。げんじつ感をなくしている。ほんにんのげんざいの位置およびその根拠をはかりかねている。ま、たいていの人間がそうなのですけどね。にもかかわらず、クランケはそうであるじぶん（もしくは、そうではないじぶん）を、あたうかぎり冷静に対象化しようとしている。レアなケース、てか、えらいものです。すなわち、かれはまちがいなくあんていしています。さいわい、このクランケのなかでは世界の認知的外形に価値的意味が重畳《ちょうじょう》されないので、あまり疲れないですむし。風景とことばの齟齬を、それらとであって五分後にはきれいさっぱりと忘れることができるんだから……。ははは、それも能力っちゃ能力ですよ。てか、余儀ない能力、てか……。医師は「テカ」と発音した。根がやさしいあべきょうこさんは、ほほえんで聞きながら、タコ、クソダコめ、だまれ、だまれってんだよ、このへのご[※7]やろうとおもうのだが、口はとてもおだやかにYes, I feel very happyと応じて、その場の意味を、やんわりと、ぜんめんてきに、はくだつしてしまう。攣《れん》。あべきょうこさんは、いっせつな、なにかそのような、ひきつれたイメージを胸にはしらせる。爨。

※1　松葉くずし—いやな語感。たんにcrisscross pine needlesのことである。禁裏の暗がりをおもえ。薄闇で、ふたつの松葉が昼日中、十文字にまじわる。國體護持の、それもしごとだから。黒沈香のかほりにかくされたandrocentrismと生前体位の底意。

※2　アカイヌ—ほんとうに赤い犬は、いない。茶色もベージュも白も黒もグレーも、アカイヌとみなされ、食われてしまうことはままある。

※3　鯨鬚—精妙なるしつらえ。白い森。そこをくぐり、濾《こ》しわけられるときの、目もくらむ幸福。

※4　タコ—頭からいきなり足（触腕）が生えており、じぶんでそれを食べはじめたタコは短期間で死亡する。なんらかの病気とみる説とともに、自殺という見方もある。

※5　「タコのクソでアタマにあがる」—タコのフンが頭部からでるというイメージをも

とに、えらそうにふるまうが、他人からは軽蔑されること。うぬぼれを、卑しめていう俗諺《ぞくげん》。タコは、しかし、いっぱんにうぬぼれない。

※6　トサカ—鶏冠。かつてあった、これからもあるであろう肉の痙攣と血の闇を、ふるえながら表象する肉質紅色の記憶。

※7　へのご—男性器。昔時「へのご帽子」といった合成語もあった。男性器ふうの形状の帽子ということであろう。

2　市内バス

いつのまにか、青い霧が、濃いのとうすいのと、いく層かの帯になって松林をたゆたう宵なのでありました。あべきょうこさんはひとり反り身になって、さらにエビ反りに反って、もっと反って、もっともっと反って、ついにΩになり、逆さの世界の、目のまえにあった、ひわだ色の、ごじしんの会陰《えいん》をなめるのでありました。ありのとわたりを。自己をめくりかえし、めくりかえり、なめ、おなめするのです。わたしのエインちゃん、ザインさん、こんにちは。おひさしぶりね。ほのかな血の味。古いワインのにほひ。川魚の鰓《えら》のかほり。鱗。知らぬまに、繪蠟燭が松林をぼーっと灯してる。松林のかなたの海も、波間にたくさんの紙灯籠をうかべている。あいまいなのだ。模糊なのだわ。Ωのその姿勢のまま、あべきょうこさんは、父あべせいごさんをおもふ。Are you happy? そしてAm I happy? えいんが色をかへます。ひわだから、あかね色へと。あかねから、メメクラゲにさされた肉の、つつじ色へと。Yes, I feel very happy! さうなのです。幸福《かうふく》は、南の方の海にばかり棲んでいるのではありません。北の海にも棲んでいたのであります。※1 断定の補助動詞の、言いきりにみせかけた、命令。欝。赤い、あるしゅの筋腫としてのファッショ（団結）。いましも、ありのとわたりを、しあわせの猛訓練をうけたアリの兵隊さんたちが一列に行進していくのでありました。世界の縫い目《ステッチ》に沿うて、おいっちにいおいっちにい。こけつまろびつ、すすむのでありました。エインちゃん、くすぐったいったら。Ωのきょうこさんは、なぜか甘えてそう言いたくなって、がいいんぶを一枚のビラビラマイクにみたてて、鼻にかかった声でさう述べてみたのでした。いやーん、くすぐったいったら。小豆色の開口部から自己体内に吸われてゆく、声。と、Ω＝あべきょうこさんの無意識は、貧歯目のミツオビアルマジロ※2のそれに。すなはち、夜行性の犰狳《きゅうよ》くんの無意識に。そのせつなに、純粋な幸福の、さやかな笛の音が遠くに聞こえ、波間の紙灯籠が数秒のあいだ青白く暈《かさ》をふくらませて、きらめいたのでありました。ピュアなしあわせって、ま、そんな短時間の幻影でもあるのでした。オーケー。そうなんだ。なにもかもが消えうせてしまったのに、それでもなお、たんにある（ただたんに、あられる）イリヤ（ilya）の暗がりよ。アルマジロ↓あべきょうこさん↓エイン↓イリヤ↓ありのとわたり↓父・あべせいごさん↓の、ふぐり↓の、ステッチ↓回帰的・反復的世界のみすぼらしい縫い目↓無と闇のふぐり↓殻をむいたホヤ貝……の連鎖。そうして、あべきょうこさんは繪蠟燭のにじみのむこうに、赤い、ふしあわせな人魚のまろい腹部をみたのでありました。その人魚は、あまつさえ、妊娠《みもち》のじぶんなのでありました。これって、なぜなの。あたし、でも、ビビらないわ。存在者は、いつも冒険されたものであるかぎりにおいて存在するのだわ。存在はどうあっても、存在と被存在の冒瀆なのだわ。さげすみなのよ。丁重で執拗な侮辱なのだわ。存在はどのみち、さらし、さらされなのだわ。おふざけよ。存在はみんな、なーんちゃって存在なのよ。こうなったら、わちき、論点をすりかえるわ。どうってことはなひわ。いったい、あべきょうこさんってだれなのよ。かのじょがあたしでなければならない、蓋然性を、いったいどこのだれが真剣にもとめているといふの。たかがプロバビリティ。そんなもん、どこにでもあるじゃないの。「鼯鼠」[※3]は、なぜムササビでなければならないの。あたしがかならずしもモモンガではないいわれに、だれかかんしんをもっているとでもいうの。自転車に殻つきホヤ貝の木箱をつんだホヤ貝売りは、どのようなわけである日、こつぜんと視界から消えたのですか。なして、雨だれはなくなったのだろうか。かつてあった、のきしたの、ただ気だるいだけのトレモロは。あれも、なーんちゃって雨だれでしたのかしら。ふざけやがって。ところで、あなた、とてもおしあわせなのですか。おげんきですか。さいからですか。どちらかというと、さいからですか。それとも滅裂なりや。すでに戦争です、なんちゃって。戰争、せんさう、おそるるなかれ。とっくにそうだったのだから、なーんちゃって。あなた、戰争ならアカウントと同期されますか。下記諸事項に同意されますか。曖昧さ回避のために、ここでとことんゲロされますか。いいから吐けよ。からだがうらがえしになるまで。げに、いまよりのち、死もなく、呻きも、叫びも、悦びもなかるべし。たぶん消尽点《ヴァニシングポイント》をうっかりみうしなったか、終末そのものが、けっきょくは消滅してしまったのだろうから。「なーんちゃって雨だれ」ではない雨だれはもうない。Nous sommes heureux. ならば、もろびと、ハレルヤ、かたりつげばや[※4]、よをさるひまで、さ。これ、さきの天とさきの地とはすぎさり、海も、番の松林も、おもひでも、悪胤《あくいん》も、すめらみくにも、またなきなり。へへん、とことん、とられ、盗まれ、なにももたないものが、ついに「無」までうばわれてしまえば、あゝ、すっきり、なーんちゃって。無にかへり風に消えます。どのみち、地のちりにひとしかり、なにひとつとりゑなし。俗界をくまなく覆うデジタル魔境（天国）もなくなれば、伽《とぎ》したる夜、胥水のかほりも、どぎつくたちまよふのだ。で、なにがいけないひのですか。「秋風に孕むすすきのある野辺は移しの露や色にまがへる」※5と、スマホで言えば、戦時中とて即、音声ガイダンスあり。「応対品質向上のためお客さまの音声を録音させていただいております」。かくなるうえは、なんぼでも在るかのやうにふるまうしかなひではなひですか。「在りて在るもの」のごとくに。なーんにもないのに、さも在るかのやふなこけおどし。爨だって、そうさ。いまさら爨に魘《うな》されてどうすんの。あべきょうこさん、すみません、再登場ねがひます。あたし、この字、こわいわ。念頭から「爨」をふりはらおうと、きょうこさん、河馬《カバ》の骨のカスタネットを打ち鳴らす。しあわせの四分の二拍子。たんたかたたたん、たたたかたん、たたたたたたん、たたたたたん……。すると、松原のほうぼうから、ひがしのみつこさんやうめやまさわこさん、まつもとくみこさんたちであらう、脳裡にタンポポ咲かせ（舌状花の子房の上の白い冠毛を風に飛ばせ）、嬉々として呼応して、あれはネコ皮の子どもタンバリンの音。ちゃちゃちゃちゃらぽん、はい（間の手）、ちゃちゃちゃらぽん、はい（間の手）、ちゃちゃちゃちゃらぽんぽん、はい（間の手）、ちゃちゃちゃらぽん……。そのうえ、調子のはずれた笛の音も松の木ぬって、うねくって、どさくさまぎれの壱越調《いちこつちょう》。ぴーひゃらぴーひゃら、たんたたたたん、ちゃちゃちゃちゃらぽんぽん、はーいのはい（間の手）。ネコ皮タンバリンや人骨クラベスを打ち鳴らし、松のかげから人びとが三々五々、参集し、それにじょうじて、松林のムジナ医師も登場。あべきょうこさん、さっそく第四腰椎腔に、チクリ、松葉のお注射をちょびっとしてもらう。しあわせのポラノン[※6]かバルビツール酸系のお薬[※7]かもね。まつもとくみこさんも、ひがしのみつこさんも、うめやまさわこさんも、チクリ、チクリ、チクリ。するってえと、各人、あたかも多幸感（である「かのような」おきもち）あふれきて、「みゆきふる畑の麦生《むぎふ》におりたちて　いそしむ民をおもひこそやれ」てな御製《ぎょせい》ひりだすあさましさ。うそくさい、おことばのおこころもち。ありがたき、おねぎらひの巡幸。あべきょうこさん、それでもなおかつ、臠を気にしてからに（あたし、この字、書けないけれど）なんだかよくないわ。字、しあわせじゃないわ。純粋《ピュア》じゃないわ。きょうこさん、気をとりなおして、からだ夕闇に沈ませ、蹲踞《そんきょ》のしせいから、やおら四股をふむ。うっす、どすこい。ひがしのみつこさんもうめやまさわこさんもまつもとくみこさんも、ここは負けじと、トサカずきずき、三役そろい踏み。どすこい、どすこい。ごっつぁんです。そのとき潮風にのり、松原のかなたより聞こえくるは、ありゃまあ、相撲甚句じゃありゃせんか。アーア〜　アーア〜　アー　ア〜アアエー／世界第二のあの戦いもヨー／ア〜ア〜　ア〜ア〜／ついに昭和の二十年／月日も八月十五日／畏《おそ》れ多くもかしこくも／大和島根の民草に／大御心《おおみこころ》をしのばされ／血涙しぼる（金）玉音に／停戰命令は下りたり／血をもて築きし我國も／無情の風に誘はれて／いまは昔の夢と消ゆ／されど忘るな同胞《はらから》よ／あの有名な韓信が／股をくぐりし例《ためし》あり／花の司《つかさ》の牡丹でも／冬は薦《こも》着て寒《かん》しのぐ／あたへられたる民主主義《デモクラシー》／老いも若きも手をとりて／やがておとずる春をまち／ぱっと咲かせよ　ヨーホホイー／アー　アアアアー／桜花ヨー……。あー、どすこい、どすこい。ここで、あべきょうこさん、股わりしつつ、こころもわれて、なんとはなしに鼻白む。くっだらないわ。どこまでも容赦なくバカらしい。イコン的に、すべてひとしい、巨根じまんのおとこたち。おいかけてくる。ちっとも純粋ではない不幸たちが。少しも根拠のない、しあわせである「かのような」赤烏帽《えぼ》子《し》。ハンス・ファイヒンガーの白い髭。かぞえきれない「かのような」しあわせと、なーんちゃってのふしあわせ。ウェルニッケ野をぞわぞわと這う、おしあわせな戦争のシデムシたちよ。なんじらは、などてけだるい雨だれのやうに話せないのか。とおくのトレモロのやふに。もう懊悩さえなくなった、上側頭回の後部をスキップしながらあるく無記憶のコビトたち、いわば流暢性の失語よ。そうさ、こんなもんだ。いやらしい無声歯茎硬口蓋摩擦音でうたへ、バカ歌を。野づらを吹く風、小股をなでてなんとしよう。わたしゃ十六　マンシュウ娘[※8]　うずくトサカをなんとしよう。王《ワン》さん　まっててちょうだいネ。恥ずかしいやら　うれしやら　お嫁にゆく日の　夢ばかり　王さん　まってて　ちょうだいネ。なにゆえ十六、マンシュウ娘なのでありますか。なして、王さん、まっててちょうだいネ、なのであるか。ゆめ問うなかれ。純金つみたてコツコツ　プラチナつみたてコツコツ　三千円からコツコツ　王さん　まっててちょうだいネ。転調。「……そして乏しき時代にあって、何のための詩人か[※9]」とヘルデルリーンは問いかけている。それでは以下、おこたへまうしあげます。「ホケンにはダイヤモンドの輝きもなければ、／パソコンの便利さもありません。／けれど目に見えぬこの商品には、／人間の血がかよっています。／人間の未来への切ない望みが／こめられています」（「愛するひとのために」）なーんちゃって。ほう、やっぱりさうなのだね。さうなのだ。引用します。『『一なる三者』、ヘラクレス、ディオニソス、キリストが世界を去ってから、世界のたそがれは夜に向かって傾いてゆく。世界の夜は暗黒を拡げる」のだから、このさい、なにをやってもかめへん、といふのだね。あなたの菊座に砲弾をなんぱつぶちこんでも、なーんちゃっての愛さへあれば。陰嚢《いんなう》※10にはダイヤモンドのきらめきもなければ、ふんどしのべんりさもありません――か。この陰嚢《ふぐり》なしめが（笑）、なんちゃって。移調。起立っ。脱帽っ。礼っ『大本営発表』は厳として／よけいなことは語らなひ／しかし／その一句の中に／千万の言葉のよろこびとかなしみがかくされてゐる／その一句の中に／千万のひとのよろこびとかなしみがかくされてゐる」（近藤東「大本営発表」）。休めっ。なるほど、よう似てるわ。さうだ。あらゆる松林（生の松原、死の松原）の、あらゆる幹の、あらゆる陽根《やうこん》の、あらゆる葉の、あらゆるカリとてかりと（朕）カスの形状《けいじやう》、にほひと特徴――を、かたときも忘れることができなくなったおとこの、タコ頭が、ひがしのみつこさんのしきゅうとがいいんぶを、みつにれんらくする管状の器官をいったりきたり。の閉じられた無限反復。「歴史の裁きは、みえるもののうちでくだされる」[※11]のだといふけれども、歴史は裁きなんかしやしない。で、さらに引用します。「しかし神の欠如というとき、それ以上に悪しきことが告げられているのである。（中略）……神性の輝きが世界史から消えてしまったのである。世界の夜の時代は、乏しき時代である。なぜならそれがますます乏しさを加えてゆくからである。それはすでに甚だしく乏しくなってしまって、もはや神の欠如を欠如として認めることができないほどになっているのである」。なーんちゃってからに。よって、純金つみたてコツコツ。純金には人間の血がかよっています。仕切りなおし。ポン・ポン・チョン・チョンと足もとにチョウセンアザミがひかってる。美しきヌィッポンズィンらしく。つま先だちでふかく腰をおろし、膝おもいきりひらいて（あっ、ヌィッポンのキーミーガーヨー赤トサカ、先っちょみえます！）上体をまっすぐにただし「はっけよい、はっけよいよい、のーこった」。いふなれば、ももたろさんももたろさん、おこしにつけたきぴたんこ、のチョウセンモモタロウ[※12]との血の境もくっきりと、じゅうしんをあんていさせます。そう、ナデスィコジャパンの正体《せいたい》なのだわ、これが。そっと露草をなでる、あんぜんあんしん、さいはつぼうし、声かけ・見まもり、しあわせ世界にはっしんのクリトリ・トサカさん。そこで一句。宵月夜かそけき野辺の濡れトサカ。たちまち野に満つる子宮内膜臭のゆかしさよ。錆びた血の、まんまんまんしゅう、マンシュウ娘、やさしきマンシュウ・ボウジュウダイジケン。※13 れれんれんれん――臠――チョウサクリン爆殺。かしらあ、右！ 雪よ氷よ 冷たい風は 北のロシヤで 吹けばよい 晴着《はれぎ》も母と 縫うてまつ マンシュウの春よ 飛んでこい 王さん まってて ちょうだいネ。ひとのよい、あべきょうこさんにだって、胸の巣にひそむ、心性の顰《ひそ》みはあるさ。みんなもたされてる累代の記憶の腔綫《こうせん》。条痕。凝《こご》る字たちの下卑た脅し。臠。なんてこった。二十五画（顰は二十四画。うう、顰《ひん》蹙《しゅく》）だぜ。いやいや、鬮《くじ》だってある。二十六画。〓《しん》だってあるさ。齾《がつ》もこのさい、いてこましたれ。にしても、おお、臠。赤黒い、挽き肉のかたまり！

切りきざまれた舌。夜、投石機の石に打ちくだかれた、ぎざぎざの顔。赤い星ペテルギウス。踏みにじられたアマリリス。いたぶられたノウゼンカズラ。深紅の肉の薔薇。截《し》って字も、ま、ブッチャーっぽくて、すごい物質感なのだけれども、爨にゃあとうていかなわない。「かくもわが血は君が肉叢《ししむら》を慕ひにき」[※14]とかいふ。けれど、こころみに、「肉叢」を「爨」におきかえてみい。肉叢がたちまちよがって、あへあへひくひくと痙攣しはじめる。爨はすごい。爨—きりみ。そして、爨—みそなわす。肉のいちぶと、祭りあげられたものによる、あたかも神である「かのような」身ぶり——。じょうしきではむすびつきがたい両用の意味をもたされながら、ああ、爨や爨、はるか天山南路をこえ、中国大陸と朝鮮半島をめぐりへめぐり、やれさ爨や爨、ほれさ爨、大手をふって、あるいはひっそりかくれて生きてきた。そして、時《とき》は、刻一刻と減ってきているというのに、海辺の死者たちは、まるでまだ生きている『かのように』ふるまう。世界は「である」のではなく、しつこいほど、厳に、「であるかのやうに」在りつづけているのみ。パルプ工場のほうからきた泥だらけの市内バスが、一番の松林前で停まる。ひがしのみつこさん、まつもとくみこさん、うめやまさわこさん、あべきょうこさん、ジョロ屋のなみこさん、猫背のみしらぬ小おとこ（悪鼡のむくひ）、それから、みなれぬお婆さんのじゅんばんで、（運転手も客も）例外なく死人なのだけれども、まるで生者である「かのやうに」、しずしずとのりこむ。「である」ではなく、図々しく「であるかのやうに」ふるまうこと――が、いかにたいせつであるかを各人がつとに知悉しているからだ。呪詛ももはや呪詛たりえぬ、なんちゃっての空を、みあげろ！　バンカーバスターをしこたま積んだ「死の鳥」（B－52[※15]）がとびまわっているじゃないか。さう、おもひたまえ。夜明けまえの闇の深さをもうわすれたのだ、マジ。世界はあらかた終わっているのに、ぜんぜん終わっていない「かのやうに」在られい、る。ぜんめんてきに、すでに戦争なのに、「おなじ種に属するものはころさない」みたいな顔つきをしてみせる。習性なのだよ習性。股間にトサカあるもののトサカは、いまは淫熱をしずめて小さく縮まり、あるはいとちさき鬱めいて、あるはいくぶん黒ずみ、それぞれのあたたかな谷にしまわれている。ひとりびとりの死の谷に。静かなるローガンベリーにラズベリーにブラックベリーたち。それじたいの幸福。王さん　まってて　ちょうだいネ。バスは、しばらく堤防ぞいの泥道をがたごとと走り、やけに火事の多い街の中心部にのろのろとむかう。この街ではなぜ火事が多いのであるか。じぶん、おもへらく、炎があざあざと夜の海に映え、川を赤々と照らすからでありますっ。番の松林のどこかに放火魔がいるからさ。ひがしのみつこさん、まつもとくみこさん、うめやまさわこさん、あべきょうこさん、ジョロ屋のなみこさん、猫背のみしらぬ小おとこ、それから、みなれぬお婆さんのうちの、だれかが、おもひでづくりの火事《くわじ》の犯人です。さあだれでしょう？　小学校は燃えた。中学校も燃えた。市役所も燃えた。公民館も燃えた。税務署も燃えた。ペラペラ燃えた。バスは走る。乗客はうたう。運転手もうたう。車掌さんもうたう。みんな、ゲロ吐きながらうたう。かたりつげばあや　みよちまたは　うえかわきたる　ひとにみてりこは　げにふるき　おしへなれど　ひびあたらしき　うたとぞなる　かたりつげばあや　よをさるひまで　かたりつげばあや　いぇすのあひを……。（まじめな運転手の声—声門音）はい、つづけて526番もいきます。つみにしずむながともにすすめよたすけぶねを　しゅなるイェスはたれびともあがないうるかみなり……。麦畑をバスはゆく。すがしい緑の麦畑から浅篠原《あさじのはら》にでてみれば、あべせいごさんの主治医が、白衣姿も清潔にあおむいておられる。大小のまっ赤なトサカを五十個（枚）もつめこまれた口を大きく開けて。おもひでづくりの医師暗殺（窒息死、自殺説もあり）。しゅなるイェスはたれびともあがないうるかみなり……。ゲロ吐きながら、もろびとはうたう。もろびとはそれぞれ、すすみうるかぎりのところへとゆききする。せいぜいが、すすみうるかぎりのところへとゆききするだけ。でも、あべせいごさんの主治医の口におしこまれたトサカたちからは、みよや、すでにキンイロコツノマタタマホコリカビ[※16]がわきはじめているのでありました。まわりに糸状仮足をだしてゆっくりとうごいているのであります。タマホコリカビの偽変形体や子実体の長い柄《え》。うよやうよや。分解された存在者（das Seiende）——自己でもあり他者でもある個体が、ハミングしながらやすやすと群体となり、トサカあるもののトサカを這い、カリあるもののカリをなぞりて、キミガヨハ、コツノマタタマホコリカビトナリテ、コケノムスマデ……。これ、こえにだしてよんでみると、いみはよくわからなくても、きもちがいい、のである。バスはゆく。街は赤々と炎上している。

※1　参照——「人魚は、南の方の海にばかり棲んでいるのではありません。北の海にも棲んでいたのであります。」（小川未明『赤い蝋燭と人魚』）

※2　ミツオビアルマジロ—— Tolypeutes tricinctus　被甲目アルマジロ科ミツオビアルマ

ジロ属のアルマジロ。ブラジル東部固有種。群れをつくらず、ひとりで生活する。完全な球状に体を丸めて外敵から身を守る。そのさいに、舌と口蓋などで「ルュルュルュルュ……」という声をはっすることがある。笑い声か泣き声か嬌声か不明。

※3　鼯鼠——漢字のイメージはよくない。たかがflying squirrel＝飛びリス。以下を味読せよ。むささびは木末《こぬれ》求むとあしひきの山の猟夫にあひにけるかも（志貴皇子）

※4　聖歌525番——（われなんじの救いをのべつたえたり）

※5　堀川百首——「移しの露」（うつしのつゆ）は、精液、ザーメン、腎水の雅言。

※6　ポラノン——拙著『青い花』（角川書店）に登場する、戦時下でも多幸感をもたらすクスリ。厭世症、反社会的性向、厭人癖、皮肉癖、孤立癖などの軽減に顕著な効果があり、副作用は軽微。水がなくても飲める糖衣・口腔内崩壊錠。

※7　バルビツール酸系薬品——アーサー・ケストラーが、パーキンソン病や白血病などに苦しみ、かなり年下の健常な夫人とともに安楽死した（一九八三年）さいにももちいた睡眠薬。

※8　マンシュウ娘―ただしくは戦時歌謡「満州娘」。これはかなり流行った。石松秋二作詞・鈴木哲夫作曲。盧溝橋事件の翌年、一九三八（昭和十三）年発表。憧憬と侮蔑とレイプと暴行、惨殺。戦後もうたわれた。都はるみも、バックグラウンドを知ってか知らずか、カバーしている。わたしもなんとなくうたえる。

※9　「……そして乏しき時代にあって、何のための詩人か」―マルティン・ハイデガー『乏しき時代の詩人』（ハイデガー選集V　手塚富雄／高橋英夫・訳　理想社）より。ヘルダーリンが悲歌「パンと葡萄酒」で問いかけ、ハイデガーはこれにたいし喘ぎ喘ぎ「われわれは今はほとんどこの問いの意味を理解することができない。いわんやどうしてヘルデルリーンの与えている答えを把握したらよかろうか」と応答する。

※10　陰嚢―「ふぐり」と読ませることもある。睾丸、きんたま、松かさ、まつふぐり……など多くの呼称あり。陰嚢は、たんに袋を指すのであり、中身（タマ）はふくまない、といふ説とふくむ説の両論がある。

※11　「歴史の裁きは、みえるもののうちでくだされる」―レヴィナス『全体性と無限』

（岩波文庫）第三部Cの「倫理的関係と時間」＝熊野純彦・訳
※12　チョウセンモモタロウ―朝鮮桃太郎。昔時、桃太郎さんの歌の濁音を故意に半濁音でうたい、または、うたわせ、朝鮮人を嘲弄した。
※13　マンシュウ・ボウジュウダイジケン―「満州某重大事件」。一九二八年の張作霖爆殺事件を日本政府が秘匿してこう呼び、メディアも人民も真相を知ろうとしなかった。
※14　「かくもわが血は君が肉叢を慕ひにき」―永井荷風『ふらんす物語』
※15　「死の鳥」（B－52）―ボーイング社が開発した大陸間戦略爆撃機。ベトナム戦争中はすさまじい絨毯爆撃で、無辜の農民らを殺しまくり「死の鳥」と呼ばれた。アフガニスタン侵攻および二〇〇三年のイラク戦争でも凄惨な殺人爆撃をくりかえした。スタンリー・キューブリック監督の『博士の異常な愛情　または私は如何にして心配するのを止めて水爆を愛するようになったか』にも登場。
※16　キンイロコツノマタタマホコリカビ―細胞性粘菌タマホコリカビ類（Dictyosteliida）の新種。闇に金色に光る。

3 火事《くわじ》

火。くわ。火。ひ。火。huo フオ。へ。ほ。火群。ほむら。ファイア！ あっ、あーっ、燃えている。火事だ。やったぁ！ また、つけ火だ。街がやけている。夜空が燃えて、川面もてらてら緋にそまってる。サーチライトがなんぼんも宙をつらぬく。火の粉の叢雨《むらさめ》にトサカ※1の乱舞。のこりの空に、青い火もよこざまにながれている。緑がかった青も。マラカイトグリーンの火柱もたつ。猫背のみしらぬ小おとこ、車中にて、のたまう。ちかきひ、またおそろし。あなうれし。いとをかし。ふふふ。火中を市内バスがいく。バスよ、どうしてもゆくのか。あぶなひ、やめなさい。いやさ、いかずにおかずばなりますまいて。ゆくのさ。ピュアな幸福をもとめて。あんた、ここまでくりゃあね、一般論はもういいんだよ。下値は限定的かなんて、もういい。とっくに底がぬけたんだから。なんちゃって詩もけっこう。だうぞ、たからかに朗読しながら、ひとりびとり、失神すぃ失禁すぃ流涕《りゅうてい》すぃて、つひに、よがり死にすぃなさい。そこに咲くミコシグサたち。純情ぶった、白いゲンノショウコの群生。種子として飛びちる、不埒《ふらち》な無意識。げんざい、げんじつじしんがげんじつじしんを、うちがわから、せいだいになぎたおしてるんだから、まこさま、そこんとこ、あなたなりにトサカ※2にて感じていただきたひ。げんじつａが、げんじつｂによって減圧されてるんじゃないよ。かつて「ほんしつ」と幻想されたものが、「げんしょう」の、つごう七樽の肥溜《こへだ》めにどっぷりとのみこまれて、どろどろ、まこさまやとらんぷさまのふん尿に、とけつつあるのであります。すなはち、げんじつも非げんじつも、もうない。主体もこなごなに割れ、解体《くわいたひ》され、かけらたちは、ガラスの小魚のように、どこぞにピキピキと遁走した。諸（全）げんしょうだけが、たえまなく、まんべんなく、例外なく、くりかえし、ある。お在りになる。在られる。[※3] ニセもモノホンもありゃしねえんだよ。それがよくなひなどと、いったひ、たれが言へませうか。猫背のみしらぬ小おとこがバスのなかでほくそ笑む。小おとこ、バスにまぎれこんだ一匹のムネアカオオアリを、小さな手でひねり殺す。プチリ。アリンコ、鳴きもせなんだ。それがどうしたというのだ、アリごときが。窓ごしに、にぶいとどろきが聞こえる、とどろきが。ズーン、ズズズーン、ズーン。乗客各人の視野にしろがねの塔のような幻がなんぼんも光っている。赤い火の粉や火の玉がおどっている。ズーン、ズズズーン、ズーン。切れ目なくたちのぼり、天からいくすじもくだりおちる焔のらせん。浴びる。火浴び、魂浴《たまあ》び、トサカ浴び。みよや、火の玉ぬって、カラスどもが万羽もばさばさと飛んでいるよ。火。か。くわ、くわとオオヨソドリ、ヒモスドリ、カシマシドリが鳴きさけぶよ。黒い襤褸のシルエットがぼとぼとと焼けておちてくるよ。火群の花穂《かすい》が舞いみだれているよ。ほらほら、あれらのキルリー鳥[※4]たちも、うしろむきに逃げまどっているよ。おびただしい穂状花序の火がふりそそいでいる。火焔のシャワーを市内バスが果敢《くわかん》にかいくぐっていく。浄めの火くぐり、浄夜の祓《はらえ》。ミューズたち（ひがしのみつこさん、あべきょうこさん、まつもとくみこさん、うめやまさわこさん、ジョロ屋のなみこさんら）は、ほおえみ、窓外にぴらぴらと手をふる。みなさま、おしあわせにぃ！　おたっしゃでぇ！　バスがゆれる。バス、ときたま、爆風にもちあげられる。ほうき状の火焔が川面からシュッポッ、シュポッとつぎからつぎに噴きだす。中洲を人魂と火の玉がいりまじり、斜交《はすか》いあるいは垂直にぶっとんだりしている。なんてこったい、こりゃあMark77爆弾じゃないか。とくていできないのだ。星雨か。それともUS Patent number 2606107[※5]のナパーム弾なのか。わからない。いまいまし、むかしいまし、やがてきたるべきもの、赤丹《あかに》、鉛丹《えんたん》、カーマイン。くわへて銀朱の焔の帯たちが、べろべろともつれ、からまりあっているシャカイナ・グローリー。繻子《しゅす》の火柱。緞子《どんす》の火群。紅のこしまき。それに血だらけの鶏の頭が、黄色のくちばしカッとあけ、細い舌先つきだしてバスの窓にいくつもいくつもゴツゴツとぶつかってくる。窓、緋に染まる。そして五万個（枚）はくだるまい、赤い雨だよ、トサカの雨。青い雨だよ、星の雨。ながれ星、はしりぼし、よばいぼし。バスはゆく。フロントガラスに鶏頭と火の玉がつもりかさなり、ウインカーにトサカがいくつもはさまっている。いふまでもなく、車内も赤。まっ赤。そこでなんらかの規範意識とりもどすべく、みなでうたふ。猫背のみしらぬ小おとこも、赤い目になり、ほんきかどうかはべつにして、うたふなり。ハレルヤ！　ハレルヤ！　ハレルヤ！　はげしきいくーさにかちししょうりのーしゅをいざほめたたーえよ、ハレルヤ！※6　うたひながら、ちつもつものは、それぞれにヒクヒクちつりたり。ツーツーレロレロチーツーレー、ツーツーレロレロ、ツレサリツレサレ、ツレロレツレロレ、ツレラレトレツレ、ツチハンミョウ……。歓喜《くわんき》の火。オリパラバンザイ、ハレルヤ！　ひがしのみつこせんせい、車内でおもはずラヴジュース噴きあぐれば、まつもとくみこさんかて尿袋《いばりぶくろ》はちきれて、おもらし失禁濡れしずく。残余のもろびとも感喜ここにきわまり「……夜目にもさやけき　きみが血みてはハレルヤ！[※7]」なむうたひませり。ゲロなむゲロゲロ吐きませり。あっ、わが父、元帝国陸軍支那派遣軍少尉もいるではないか！　父、車中にひくかがんではべる。乗客たちのゲロをたんねんにかきあつめ、床を拭ききよめ、且《か》つうは散乱したるトサカたちをひろってはべめり。かれにありては、ほとんどのばあい、またはつねに、対人かんけいのけいせいにおける適用機能のじゅうとくな困難性はみとめられず、自己愛性パーソナリティ障がい（NPD）のていども軽微であり、反社会性パーソナリティ障がい（ASPD）またはサイコパスけいこうも（チェックシート上は）なし。不《ふ》快《くわい》語、不適切語の使用頻度低。ほとんどのばあい、ないしはつねに、モラハラまれ。セクハラなし。ただし、ときに扁桃体の暴走ないし前頭葉の機能ふぜんがみらるるも、ああ、紅の地色に金の菊（起立、脱帽、敬礼！）、愛國の至情いまだあせずして、それ、ウーパールーパー、ツーツーレロレロ、ゲロ掃除。御國《みくに》のためなら放火も消火もおなじこと。父、ひろったトサカをいくまいも赤い糸でつなぎあわせて車内にかざり、Xmasデコレーションかとおもいきや、水漬《みづ》く屍《かばね》の最敬礼。車内みなうたふ。いきしちに、ひみり、うくすつ、ぬふむゆるを、はぁ、えけせてねぇ、嗚呼《ああ》、えけせてねぇ、もいっちょう、えけせてねぇ、へめれおこそと、噫《ああ》、のほもよろん、あっは、のほもよろん……バスはゆくゆくバスはゆく。あっかるくう、あっかるくう、はっしるうのよ。いましもあれ、業火につつまれた花玲瑠《かれる》橋をオンボロバスはわたります。星がふります。火の玉も。橋上、車中の、ジョロ屋のなみこさんの、たまゆらの思念……あたしのみなもとは、あたしのなかにしかないだろうに、外部から、あたしになんらかの「あたし」をむりやりそうにゅうか、ちゅうにゅうされたやうな、この異物感はなしてなの。なじょしてなの。[※8] そのとき、なみこさんの喉と舌が、急に、老いたおとこのやうに硬化して、たった一語、アロゥトリオ（allotrio）と、野太いおとの声で、イタリア語ふうに、巻き舌で、発音させらるる。そのことに車内のだれも(猫背のみしらぬ小おとこによるアリ殺しとおなじく)はっきりとは気づいていない。なみこさん本人さえも。気づかなひ。気づけない。気づこうとしない。または気づかなかったことにする。たうぜん、煉瓦の橋塔のかげにかくれた、みえない発話誘導者を、さがしさえしない。ザイン#ザイエンデス。おい、ドナルド、[※9]きみたちは、ここまで無責任なのか！　げんにあったことを、なかったことにする。なかったことがあったことになる。そんなことはしょっちゅうあることだ。まして街は火事なのだし。花玲瑠橋の下を焔の川がゆるゆるとながれてゆくし。川面にびっしりとすきまなく、ひとびとがうかんで燃えているし。みんな、あおむけに。眠っているのか死んでいるのか笑っているのか。だれもみきわめなひ。いいんだ、イヴァンカ、そんなこつ。たくさんの、あおむいたひとの筏。無数のひとの艀《はしけ》。足―海側。あたま―山側。河口の造船所ほうこうにながれてゆく。上流からくだってくる、ぼうぼうと発光する幾千の、目をみひらき、あおむいたにんげんたち。あおむいてながれて、戰《せん》争《さう》をうたふ、純粋な幸福の（無）意識たち。荘重《さうちょう》なる集団ハミング。♭こっかんれいかさんじゅうど　つつもつるぎもほうしんも　こまのひづめもこおるとき※10……♯。戰争はよひ！　美しひ！　妙なり！　ながるる死屍の群。このまだと突堤にそうてただよって、青白く、あるいは、からくれないに燃えながら、沖合の灯台にいたり、外洋に雄飛するものはそうするであらうし、入り江にむかうものたちは入り江に入《い》る。かれらはやがて、浅瀬でやおらたちあがり、ぼうぼうと燃えながら、ひとりびとり番の松林をさまようのである。他方、市内バスは花玲瑠橋を半分わたり、中洲の、蒲鉾屋のとなりの、もらい火で燃えつつある映画館（「中洲ヱビス座」）前で停車。乗客のぜんいんがおりて目下、トイレと売店付近が類焼中の館内へとずんずんはいってゆく。火事だというのに、実演と映画興行中。父、ここにきて、なんと生き生きとしていることか。ひとさまのおやくにたちたいのだ。それとも、あなたはそんなにも火事がすきだったのですか。ゲロ掃除をしたり、他人の背中をさすったり、朝鮮人をぶん殴ったり、國家社会のためにはたらくことが、そんなにも生きがひだったのですか。父、ひとびとをヱビス座に「はい、こちらです、こちらです」と先導してはべる。焦げくさい暗がり。貧しく、ふとどきな、鯣《するめ》のにおい。たわんだえんぺらの、床上手の股の、におい。まこさま、お嗅ぎになられてはあきませぬえ。館内満員。前座は「満州帰り！　白系ロシア貴族ガブリエル夫人（アドリアーナ女史）※11の緊急完全徹底特だしストリップ！」。大相撲力士、大露羅《おおろら》（二百七十三キロ）とそっくりの白人女がおどっている。曲は「満州行進曲」（合唱つき）。ズンチャカズンチャカ。♭酷寒零下三十度　銃《つつ》も剣《つるぎ》も砲身も　駒の蹄も凍るとき　すはや近づく敵の影　防寒服が重いぞと　互ひに顔を見合はせる……♯。花嫁かつらをつけ、褌《ふんどし》と日の丸の化粧まわしのほかは全裸のアドリアーナ。金色のハイヒールはき、蛇の目の唐傘《からかさ》さしておどるのだ。ウヂヴィーチリヌイ！　もくもくと煙たつステージ。アドリアーナ、唐傘を肩にひとりで行進。唐傘をくるくるまわす。ズンチャカズンチャカ。露人、どっこいしょと片脚あげる。ぶるぶると尻をふる。♭しつかりかぶるてつかぶと　たちまちつくるさんぺいごう　わがれんたいきひらひらと　みあげるそらにひのまるの　ぎんよくひかるばくげきき……♯。ズンチャカズンチャカ。猫背のみしらぬ小おとこが、かんだかい声はりあげて、ハラショー！　アドリアーナがほおえむ。化粧まわしをぬぐ。褌もはずす。ひがしのみつこさん、つぶやく。みにくいわ！　まつもとくみこさん、おもふ。ねじれている。ひびわれている。剥がれてるわ。うめやまさわこさんはグエーグエーと胃液を吐く。父が背中をさする。くみこさん、あなた、ここはがまんだ、がまん。とにかくロスケにゃがまん。アドリアーナが怒りだす。ステージ上から、客をはげしくののしる。バカヤロ！　スーカ！　カプースタ！　チョールト！　ウムリーチェ！　花嫁かつらをぬぎすてて、巨体をおもいきりうしろに反る。もっと反る。なんとやわらかいことか！　さらに反る。ダバイ、ダバイ！　さらにさらに反る。ついにΩになって、鰑くさい開口部をふたつ、大いなるトサカごと、もくもくとけぶる客席にさらす。みな息をのむ。すぐに拍手わく。すごい歓声。ハラショー！　オーチン・ハラショー！　アドリアーナが深呼吸。ついで、大規模爆風爆弾MOAB※12にまけぬ音たてて、ドッカーン！　放屁《はうひ》。ガス弾水平撃ち。鰑臭。客ぜんいんがあへなく気絶し、中洲ヱビス座がこなごなに破砕される。直撃と吸引。ひとびとはなにか途方途轍もない〈他なるもの〉にさらされて、名づけがたい世界のくぼみにありながら、やがて失神からさめても、そこがどこやら答えもだせず、あなぐる気力もわかなんだ。ほの暗い肉色の、なまあたたかい、ここはどこか。じつざい《リアル》の場所か、非—場なのか。ただれた死の穴か。果てのくぼみか。よもや北朝鮮は慈江道《チャガンド》のあたりではあるまい。と言いきれるか。せきにんのしょざいは、どうなんだ。これは回帰か、よみがえりか、反復か。〈在る〉は〈非—在〉にたいし、それじたい、しあわせといえるか。こうした在り方と、いはゆる「在りがたさ」のことどもについて、人民大衆は、まじめにかんがえやしない。けっ！　賢明な読者はもうお気づきだらう。ひとびととその世界は、いずれにせよ、〈アドリアーナの穴〉[※13]によって、いったんは撃ちたおされ、ちょくごに、バキュームのやうに、〈アドリアーナの穴〉に吸いこまれたのだ。それは逃走でも離脱でも転落でも結合でも敗北でも蹉跌でもない。むろん気づきでもない。まなびでもない。だいいち、〈アドリアーナの穴〉が、胃袋か大腸か肛門かチツか腋窩《えきか》かもはっきりしないのだから。しかしながら、部位はさほどにじゅうようでないのではないか。〈アドリアーナの穴〉のなかで、要《えう》すれば、ひとびとは、気がついたら、むちゅうになって映画をみていたのだ。活動写真《キネマ》を。ポイントはそこなんだ。サイレント映画。[※14]弁士は父。口をぱくぱくしている。でも、さっぱり声がきこえない。スクリーンにざーざーと雨がふる。左手にモダンな街灯が立つ。路面が濡れて光っている。光の小爆発。どこかの階段、コンクリートの。ゴムの雨がっぱを着たおとこ。の下半身。長靴。ジープがはしってくる。ついで、どでかい蒸気機関車が、こちらに水しぶきをあげて爆走してくる。クロスカッティング。海面が波だつ。機関車が波濤につっこむ。雷光。一閃。また一閃。多重露光。機関車の車輪。海原。波うちぎわ。ラ音。あおむいた死屍たち。死屍ざわざわゆれる。とつぜんガラス窓。内側から。雨だれ。つたう。たれる。雨にうかぶ鉄路。さいど、無音のラ音。濡れた軌道。いきなり屋内へ。格子。障子。鉄格子。鉄板。厚地の。鉄鋲。どこまでも長い、長い廊下。学校か。病院か。シセツか。壁に「大声、暴言、暴力、放火、やさしさ無理強い等をやめませう!」の貼り紙。廊下の、ずっとずっとずっとずっとむこうに、あれは松原。番の松林か。廊下に白衣のおんなたち。足首までの長い、長い、ウェディングドレスみたいな白衣。立烏帽子《たてえぼし》ふうの、おかしなナースキャップ。変態メッシュ黒ひもパンの、いなだともみさんもおられる。だてめがねかけて。あなたさまは患者さま(mhp)なのですか。それともニセのお医者さまか、はたまた、きわめて患者的なニセ精神科医ですか。ダス・マンか、いふところの存在の遅滞か。みすごされてよいていどの存在のひだでせうか。カスでせうか、ガスでしょうか。「ソーセージ」か、それとも革鞭か？　革鞭か、それとも空虚な言葉か？　たかいちさなえさまも、いらっしゃる。このものも、なんだかわからないのだ。医療側か患者側か。わかるひつようはあるのか。ときに医師、ときに患者、ときに「しらみとり夫人」※15、あるいは三者一体だっていいじゃん。どのみち、かくていなんかできはしない。さなえは、もう、さなえであるしょうこも義務もありはしない。もんのすごく大きな口で、グヘグヘグヘ、世界をあざけっていらっしゃる、ダス・マン。大口から赤黒い大トサカをびらびらだして笑ってらっしゃる。とってもしあわせなのだ。露骨に。ぶえんりょに。しゃべっている。おしゃべりになられていらっしゃる。（読唇術）「ぴんぴんころりんぴんころりん、よ」「カササギおとこ※16なんか、べろりんちょんだわさ」。そのとおりである。げんざい、所与の存在で、べろりんちょんでないものが、はたしてどこにあるだろうか。純粋な幸福にしたところで、カササギおとこによるべろりんちょんを契機にして、下向分析されたとしても、いきつくさきは、さなえらにより、無概念化されるだらう。終わらない廊下。（パン）スクリーンが裂ける。機関車がとびでてくる。想像の轟音。それから想像のラ音へ。廊下を機関車がとおりすぎる。（ティルト）無数の小部屋。房。監房。座敷牢。収容者には、最重狂―重狂―中狂―低狂―佯狂《やうきやう》※17のくべつがある。けれども、人権尊重とコンプライアンスの観点《くわんてん》から、mhp–hp–mp–lp–pp の符牒でよばれている。ふたたびのラ音。はげしい、あえぎ。内側から。おとこ。装具をつけた。拘束衣なのか。変形性膝かんせつ症用装具か。足底装具か。短下肢装具か。べつのおとこ。股関節外転装具か下肢矯正用装具。それとも介護保険法にさだめられた「身体拘束禁止規定」に抵触しない、いわゆるひとつのフリーストレイトジャケットか。コルセット。クジラの軟骨。からだにやさしい、ズック製の。あれらの鉄格子は、なにからなにを、めいかくに境うのか。毀壊《きかい》と整序か。こちらとあちらを、か。狂気と正気を、なのか。こちらからあちらを、か。意味と無意味を、か。空所からダーザインを、か。常識と非常識か。出現と消失か。内奥と外面。光と下闇。そうした辨別《べんべつ》はありえない。と言いたいのか。カメラ、各部屋をつぎつぎに撮っていく。「なか」から「そと」を。「そと」から「なか」を。mhp–hp–mp のはんいの狂人たち。壁の染みを舐めつづけるおんな。でんぐりがえしをやめないおとこ。Ωになってジフェラ[※18]と自己放出をやりつづけるひと。正座し一心に頭髪をぬきつづける少女。反復と持続と維持と保持と継続と無限と昏倒と死。鉄格子のこちらかあちらか、さなえはん、わろてはる。ともみもケロケロわろてる。(読唇術)「ガイキチどもめ、イガチキどもめ、はよねしなさひよ……」。(とつじょ、場内アナウンス)「だいどうじまさしが、二〇一七年五月二十四日午前十一時三十九分、東京拘置所にて、亡くなりました」。さざなみ。ざわめき。闇のなかで、猫背のみしらぬ小おとこ、くくくくと笑う。丸の内のビル爆破の動画インサート。荒川鉄橋爆破のイメージ映像。虹。虹霓《こうげい》。「虹立ちて忽ち君の在る如し」[※19]。インサートすぐにおわる。

すべてはあらかじめ気づかれていた。やったのではなく、まるでしでかしたかのやうに、じつは、やらされていた。のではないのか。「虹作戦」がさっちされていたのなら、丸の内だって漏れていただろうに。鉄橋は急きょ中止↓丸の内無差別は強行。なぜ。傴僂しのび笑ひ。サイレント映画はつづく。火事もつづく。鉛の川は、ねっとりと、ながれている。荒川鉄橋の下を、死屍の群がぼうぼうと燃えて、あおむけにながれていく。映画。ぜんしんの関節を、ていねいにすべてたちきられたパジャマのおとこ。がひとり、黒のヘッドギア、上下肢矯正装具およびベージュの旧（ソ連）式拘束衣をつけさせられて、登場。させられる。[※20]立っているのではない。立たされている。カメラにむかってちかづいてではなく、ちかづかされてくる。意思はどこにあるのか意思は。ガクリとたれた首。うつむいた顔。むりやり顔をあげさせせられる。館内どっとわく。客のだれもが、それぞれに、みおぼえのある貌なのだった。

※1　トサカ――本作に頻出する肉質紅色の冠状の物体。肉瘤。熱心な読者から質問あり。あれはオスのものではないのかと。反問。では、「トサカにくる」のはオスだけですか。赤い表象とセクシュアリティおよびジェンダーバイアスについて再考されたい。

※2　トサカ――上トサカと下トサカのうち、このばあい、後者。

※3　在られる――主体が他のものから動作、作用を受けることをあらわす動詞の文法形式が受動態であるなら、「在る」は「在られる」であってよい。在られるにはまったく容赦がない。

※4　キルリー鳥――うしろむきに飛ぶのをやめなかった鳥。野生種は絶滅。「革命を悪とし、旧套《きゅうとう》を徳とする」思想の象徴とされる。

※5　US Patent number 2606107――米国製油脂焼夷弾の製法特許番号

※6　聖歌166番――「はげしきいくさに」

※7　聖歌165番―「罪の世のため」

※8　なじょしてなの―どうしてなの。почему

※9　ドナルド―Donald John Trump 反価値ではない。没価値のハナクソおとこ。が、
戦争要因になりうる。

※10　「満州行進曲」―軍歌。満州事変の翌年の一九三二年発表。大阪朝日新聞社計画部
長として奉天（現・瀋陽）に駐在した大江素天が作詞。作曲・堀内敬三。

※11　白系ロシア貴族ガブリエル夫人（アドリアーナ女史）―ほんとうはフィン・ウゴ
ル系のエストニア人ともいわれる。

※12　MOAB―モアブ。Massive Ordnance Air Blast の略称。制式名称 GBU-43／
B。通常兵器としては史上最大の破壊力とされる。

※13　〈アドリアーナの穴〉―人形師クレイグがみつけた穴は、ジョン・マルコヴィッチ
の脳内へとつづいていたのだったが、アドリアーナのそれは、つづらおり、また
は広大な羊腸的幻想（醒めないかぎり、げんじつの）空間である。呉均《ごきん》（四六九
―五二〇）の小説集『続斉諧記《ぞくせいかいき》』の「陽羨鵝籠《ようせんがろう》」などを参照されたい。

※14　サイレント映画―たとえば、一九二六年に製作、公開された衣笠貞之助監督『狂った一頁』のような映像。

※15　「しらみとり夫人」―テネシー・ウィリアムズの一幕物。鳴海四郎訳。

※16　カササギおとこ―ロッシーニ作曲のオペラ「泥棒かささぎ」参照。

※17　佯狂―わたしが年来もっとも興味をいだいている病症というより本源的ビヘイビア。「陽狂」とも書く。狂人のふりをすること。また、その人。にせきちがい。拙作「NPO法人『佯狂監視協会』理事長Gの見た夕焼け」（『眼の海』毎日新聞社刊・参照）

※18　ジフェラ―自己フェラチオ。

※19　「虹立ちて忽ち君の在る如し」―虚子。虹をみあげたら、あたかもあなたがいるような感じになった。「虹作戦」は永遠の謎となった。

※20　させられる―「した」とばかりおもっていたことが、じつは、「させられていた」ことであるのは、よくある。「する」と「させられる」は不分明で、中間に「閾」の暗がりが、ながれている。

4　点滅

糸雨《しう》が、しむしむと、けむる。目のなかの雨。かぼそい糸の、筋。の奥の、うらで、**点滅**しているなにか。すきかげに、わずかに、ほんのかすかに。かがようなにか。淫雨《いんう》にふりこめられる、穴。の縁《へり》に。ふきこむ水の糸。サイレンがとおく、ちかく、むせびないている。ぴいほう　ぴいほう……ぴいほう　ぴいほう……。サイレント映画はつづく。すべてのかんせつを、たちきられたをとこが、闇にうきでる、スチールグレーの冥暗に。じょじょに溶明する。[字幕]をとこ。**声帯も、たたれている。**またラ音。ビョーキの空。の下の青い丘をはしるerect機関車。と、こぬか雨に濡れる、穴の顔。経鼻栄養補給のチューブをつけた。をとこはだれだ。人事不省の、顎先の雫。壁の生理―汗。だれ―も―が―み―おぼえ―の―ある―貌。は、ややだんていがすぎやしないかな。そりゃ、だれ―も―が―み―おぼえ―の―ない―穴。と、おなじだよ。猫背のみしらぬ小おとこ、うそぶく。ブランクの顔（穴または欠損）に、それぞれ任意の貌をうめているだけじゃないか。それでもチュウリョウナルナンジシンミンは泣けたのだし。ワハハと笑えたし。泣くのがココウノシンの総意であるかのように、こばやしまおさんの死を、みんなで泣くのだし、泣いたのをすぐ忘れるし。笑うのがその場の空気なら、ケララ・ケラケラ笑うのさ。みろ、だいどうじまさしは、國家《こくくわ》と全民の無意識的希望のとおりに、ほぼきれいに忘れられた。先だつものは、殺され、消されて、忘れられる。だいどうじよ、しんじられるかね。「斧の会」[※1]は、自称〃レーニン主義者〃（！）スティーブン・ケビン・バノンを、まだ殺っちゃいないんだよ。やつは（本稿執筆時げんざい）生きて、遠慮会釈なく、あちこちで屁をひっている。であれば、このさい、ツェランにとっての「過剰真実[※2]」と、とらんぷたちの「代替的諸事実」（alternative facts）の、異同と相似点を略述せよ。然《さ》うするうちにも、〈アドリアーナの穴〉が、もわもわと細雨《さいう》にけぶる。けだるい肉まん蒸し器の湯気。軌道をはずれた、蒸気機関車の蒸気《スチーム》。いたるところ煙雨。チッタゴンにも糸雨がふる。ミルサライ地区の、路地の物乞いおんなが、ホオジロムクドリを一羽、昏く、ぬめった股にはさんで、しゃがんでいる。すこしもかわいそうではない、ひねこびた、性根も口もまがった、おんな。ホオジロムクドリのオレンジ色のくちばしが、かわいそうではないおんなの、股のそとにむいて、方位をきめている。黒っぽい尾羽が、おんなのトサカを、こちょこちょと、くすぐるよ。他意はない、そのフェザー・タッチ。[字幕] **それだけなのだ。それでよいのだ。それがよいのだ。**ここかしこで火事だ。焚き火だ。はらわたが焼けている。目玉が爆ぜている。煙のかなたの尾根を、erect機関車が、爆弾をのせてはしっていく。理由はとくにない。おもしろ半分で、爆弾をつんで、はしってゆく。

Wi-Fi free の針葉樹林帯を爆走する。マイケル・J・サンデルが轢かれる。の、へらず口が、erect 機関車に、轢かれて、ペッタンコ。サンデルでなければならないようでいて、べつにサンデルでなくったってよかったのだ。まるで……でなければならなかった、やうに、みせる轢殺。のテロ。ペラペラの「共通善」[※3]の、あっけない轢死。［字幕］**アッラーフ・アクバル！**（الله أكبر）胆嚢が煮えている。終脳は、あらかた焦げた。火事なのだ。火事がなさしめられている。泣きおんなが、小便たれながら、じょーじょー。尿路の声門をふるわせて泣いている。ドブのにおい。百年前の鯣《するめ》のにおい。納豆のそれ。平和の屁。こいけゆりこのすかしっ屁。カッパの屁。屁のカッパ。みやもとゆりこの屁。ハンナ・アーレントの屁。ハイデガーのフルツ（furz）。ベルトルト・ブレヒトの屁。とらんぷの屁。バノンの屁。イヴァンカの屁。狗人《いぬひと》の屁。ローマ教皇フランシスコの、お鳴らし。マッチ売りの少女の屁。マリネズミの屁とあくび。サミュエル・ベケットの屁。ホルヘ・ルイス・ボルヘスの屁。死者の屁。

通夜の屁。泡沫人《うたかたびと》の屁。おそれおおくもかしこくも、へほはひふへへいかの、至尊の御屁《ぎょひ》に、にじむ、おきもち。のありがたさ。血族《うから》みんなでおごそかに合屁《ごうひ》あそばされる、そのかしこくも、かしこきに感泣し、伏してこの屁の聖なるがうへにも聖なるに慟哭したのである……の、収拾がつかない、内外の、ハイパーインダストリアルな、だれのものでもなく、どうじに、だれのものでもある、屁でもない、屁たち。胆汁の沸騰。火事もつづく。世界はしずかに、ぜんめんてきに、延焼している。鉛の川が、死屍をのせて、どろどろと、〈アドリアーナの穴〉のなかの、饐《す》えたカボチャ・スープのような、ベンガル湾へとそそぐ。死有《しう》にあるニンゲンの「うち」と「そと」と、それらの側副水路を、鉛と屍体が、燃えて、ながれている。ぜんしんのかんせつを、おもしろ半分に、パツンパツン、たちきられた、パジャマすがたの、いはゆる、断裂をとこが、、、スクリーンで、のろのろと、おどりはじめる。おどらされている。ラルゴをふる、夢遊病の、オーケストラ・コンダクターのやうに。上体がガクガクとゆれる。をとこの、奥で、一匹のイトミミズのやうなものが、よわよわしく点滅している。消えそうに、かすかに明滅している。断裂をとこ、なにかをしゃべろうとする。舌がうごいている。頬がふくらむ。唇【O】のかたち。客は気づかない。大衆はだめだ。どこまでもバカだ。くりかえしアホだ。すすり泣く声。めくりかえりの、笑い声。ああ、をとこがなにかあわれだよ。（無げのあわれ・無げの言の葉）気のどくじゃないか。こっけいだよ。こんなになっちゃってさ。まつごの、ほとんど蛾的ニンゲンの、ゆらゆらダンス。客は断裂をとこを、みている。断裂をとこは、撮られ、みられている。そこで、そこだけで、なにかがまとまっている。せいりつしている。完結《くわんけつ》しちゃっている。はるかな声。歌。遠いあざけり。かんかんのう[※4]　きうれんす　きゅうは　きゅうれんす……ぴいほう　ぴいほう……。暗がりに、紙ふぶきか蝶《てふ》。うかぶ。ちる。ただよう。蝶々《てふてふ》。かんかんのう　きうれんす　きゅうは　きゅうれんす……ぴいほう　ぴいほう……。無生（inanimate）・無為・無意思・無かんけい・無能・無かんせつ・無腱・無意味・無靭帯・無せっそう・無かんじょうの、影。りょうわきと背後に、三人の黒衣《くろご》をしたがえた、影。の断裂をとこ。にいかんさん　いんぴんたい　やめあんろ　めんこんふほうて　しいかんさん……ぴいほう　ぴいほう……。影、カメラのまえで拘束衣をぬぐ。上肢装具もはずされる。ヘッドギアと経鼻チューブと長下肢装具はつけたまま。断裂をとこ、ゆらーりゆらーり、両腕をひらき、「かんかんのう」を、おどるか、おどらされるかしている。をとこ、ワイヤなしの宙づり。足先もかかとも床についていない。とてもじゃないが、笑えるレベルじゃない。にしても、場内ワハワハ笑う。バノンも笑っている。目の奥は笑っていない（バノン、おまえもおどれ、「かんかんのう」を！）。よしんば、それが過去のあの「ラクダ」か、あの「らくだ」を模した今日的無意味だとしても、このきょくめんで笑えはしない。観客は、でも、エヘエヘと、総意的に、習慣的に、照れたやうに、笑う。ところどころですすり泣くか、わざとらしい、すすり泣きのふり。「らくだ」か「らくだ」

にかんする、とほい記憶をよびおこされた観客は、けっきょく、ほんの数人だけさ。ま、どうでもよろしい。それが「かんかんのう」というおどりと知っている客も、これもいたしかたのないことではあるのだけれども、ほとんどいやしない。知っていたとて、どうにもならない。文化も非文化もないんだよ。いまや、奸譎《かんけつ》を奸譎とみきわめない、やさしくて、おバカな、発作よ、凶暴よ、野蛮よ、痙攣よ。best approximation（最良近似）における、母子相姦またはオルタナティブ・ラブよ。そこでだ、第二回コンプライアンス（略称コンプラ）標語コンテスト※5優秀賞。「悪習は　目をつぶらずに　芽を摘もう」（かんつばきさん）。なあるほど、そっかあ。芽。腋芽。混芽《こんが》。肉芽。休眠芽。クリちゃん。おまめさん。わっるーい芽たち。イタズラな零余子《むかご》ちゃん。ここにして、かしこにあり、どこからでも生えでてくるもの。だれからも、もとめられないもの、そうみなされるものは、すぱんすぱんと、せつじょされます。たえず［スパムとして報告］されます。断裂をとこの影は、二、三度、モノクロ映画なのに、青鉛色の面をあげる。影青《インチン》の影。顔。といったって、背後の黒衣によって、髪かヘッドギアの紐を、ぐいと後ろにひっぱられただけのはなしだ。闇の、ぬかるみに、うかぶ顔。死んだ、あかしやさんまか、きたのたけしの、顔。ということに、いちおうしとこうか。そうでなければならない、といふことは、なにもなひ。バノンはバノンでも、バノンでなくてもいいんだ。論理のそとでは、それがコックスバザールの行旅死亡人だろうが、三十年前のバッタンバンの発狂者だろうが、サイレント映画の断裂をとこだろうが、すべては意味のないぐうぜんにすぎないのだから。すこしもぐうぜんでないのは、たぶん「貨幣G—商品W—貨幣G'（G＋ΔG）」[※6]における「ΔG」くらいじゃないのか。ひとびとは、けれども、あかしやさんま的、あるいは、きたのたけし的な——それは両義性ではなく、自己増殖する価値運動体がかかわる、ただの「オコノミ」ていどのことにすぎないのだがね——断裂をとこに、かれの眼球ごと、ヌルリとうちがわにはいりこまれる。からだに影（CMだらけの）をさしこまれる。影の顔と、複雑な装具をつけた傀儡《くぐつ》。の、水中ダンスのようなおどりが、体内化しちゃう。かんせつのない、さんまか、たけし（あるいはバノン）が、からだのなかで「かんかんのう」をおどる。もえもんとわえ　ぴいほう　ぴいほう……。さんまを体内化した、うめやまさわこさんのばあい、いっしゅん、自―他の境をみうしなう。なにが、どこで、いつ、なぜ、おきているのか、よくわからない。みているのかみられているのか。主体はどこか。わたしは主体か。祖語はなにか、基語は。かんかんのう　きうれんす　きゅうはきゅうれんす　さんしょならえ　さあいほう　にいかんさん　いんぴんたい……ヘッドギアをつけた、さんまさんが、胸骨のなかで、ぐらりぐらりと、おどっている。いりゐきふえ　きゅはきゅです　さーいほーい　みいかんす　ぴいほう　ぴいほう……。長下肢装具がギシギシと、きしる。そんなにわるい気はしないわ。体内で「かんかんのう」を舞う（舞わされる）、さんま的、または、たけし的な断裂をとこは、すべてのものたちの、あわれむべき傀儡、できそこないのマリオネットであるやもしれぬし、ばあいによっては、それぞれの「父」か、わが父が、わが父の姉から贈られた刀で、バッサリあやめたやもしれぬ、中国の火夫《かまたき》か、火夫の兄弟でないと、どうして言いきれるのだ。そのときの簓《ささら》※7のような、首からの、血の噴きだしと、ぴいほう　ぴいほう……愉悦。簓の記憶。うちあげ花火。しかけ花火。なにを、どうやって同定できるというのか。単離した目的物質がなにか、あかすことができるか。悪逆、淫虐、淫縦、淫佚《いんいつ》、淫水……無数の混合物から、しあわせという、目的物質だけを、「純粋な物質」としてぶんりし、とりだしたい、なんて、虫がよすぎやしないか。だいたい、マトリックス回路が点滅する回想。格子状に配列された、記憶の導線に、「みる」も「みられる」もありゃしない。いとしのうめやまさん、色白美肌のさわこさん、きれいなトサカのあなたさま、そうなんだよ。みるものは、いっぱんに、みられるものの意識を想定しない。みるものは、みられるものに、みかえされている、などとおおむね前提しない。生は、死（ないしは死有）の眼球運動と、死のがわからの眺めがどんなものか、思察しない。ね、うめやまさん、ずいぶん、ごぶさたすみません。あなた、おしあわせでしたか。ぼく・ぼぐ・わたし・わだす・おい・おいら……あなたをいっかんして、すきです。ただいま、みなさま、おとりこみちゅうではありますが、ここで、でしゃばってもいいべが？※8 うめやまさん、あなただからゆいますが、こごだけのはなす、おいは、断裂をとこに、ずぃぶんと、ずぃぶんの死有を、ずぃぶんのではなく、断裂をとこの眼球でみたのです。といふことは、断裂をとこは、さんまでもたけしでもバノンでもなく、おいだった。あの断裂の空隙と弛《たゆ》みは、おいじしんをおびていいだのっしゃ。うめやまさわこさん、かってを申《まう》して、ごかんべんね。ところで、半世紀まえの、コックスバザールの霧に、あなたの下・赤トサカ※9は、ジュジュンとうるんだのであります。濃い霧の夜の、交差点の、赤いネオンみたいに、すてきににじんだのであります。いとど、ぷっくりと赤み、湿りをましたのです。それが〈アドリアーナの穴〉のなかの、かりそめの交差点にすぎないにせよ、ふん、だからどうしたというのでしょうか。飢えて、たおれた野良犬が、あばら骨で霧を梳《す》き、たったいま、ガフっと、息をひきとったところなのです。葡萄色の舌を、だらりと地面にたらして。世界の説明は、それでじゅうぶんじゃないですか。そして、断裂をとこの痩せた肩が揺曳《ようえい》する〈かなしみのようなもの〉を吸った、いまから五十年前の、チッタゴンでもいい、コックスバザールでもいい、ほんとうはモガディシオでもいいんだ、濃い霧の夜の、だれひとりいない交差点と、そこにある、一塊のくされた、ラクダの肉片か、膵臓のようなものか、あるいは、像《かたち》をなすようでなさぬ、なにものかの、奥の奥の、かすかな点滅のようなものをおもうこと。に、さみしくも、純粋な幸福を、いっせつなかんじてしまうのは、ひがしのみつこ先生、なぜでせうか。おセンチかしらん。まちがひでしょうか、これは。ふたたび無声映画。断裂をとこの装具のすきまというすきまから、蛍光色の、たいへんこまかな、なにかが、さわさわと、ただよいでてきた。紙ふぶきか。ヘッドギアにまもられた、かち割られたあたまからも。目からも、口からも。もあもあと、わいてくる。蝶。青白い蝶々だ。ツバメシジミ※10だろうか。うなじからも、ああ、そこにも深い裂け目があったのか、incommunicableな蝶々がふきでてくる。かつて、語りうることのげんかいをこえる風景があった。いまもある。ひとびとは、語りえないことをよいことに、語りはしなかった。いまもそうだ。ただ、語られない青白い蝶が舞った。切り口と傷口から、蛍光色のてふてふが、いくらでもわきでてくる。それが縁《ふち》だった。世界の縁だった。淵だった。ぜんたいとしては、ない世界の、縁に、無数のツバメシジミが、しっかりと、とんだ。断裂をとこは「かんかんのう」を、ゆらゆらと、おどらされた。てふてふにまとわれ、黒衣にあやつられた断裂をとこは、昏く、ながいシセツのろうかを、おどりながらあとにして、ついに、一面の、cm freeな草原にでる。草原はよい。よひにきまってゐる。草原でもなにかが点滅している。ヒースか、ザーか。草むらか。あんなにいたツバメシジミが、かき消える。きらきらかな、無の真昼なのだ。白昼が明滅している。あっ、きれいだなあ。草原に牡丹雪がふっている。しんしんと。牡丹雪のむこうの空に、ぴぃほう　ぴぃほう……断裂をとこが両手をひろげ、ひろげさせられ、くびうなだれて、えんりょがちに点滅しながら、中空にうかんでいる。凧だ。カイト。kiteをとこ。ぴぃほう　ぴぃほう……をとこ、のぼってゆく。さあいほう　にいかんさん　いんぴんたい……じょじょに、意識のやうに遠のいてゆく。きれぎれに遠ざかる。ひとごとのやうに、まったくなかったことのやうに、うすれてゆく。像をなさぬ像。消えてゆく。ひとりの篤実な、ロイヤル厩務員が、千代田区千代田の、ロイヤルな馬糞[※11]のなかにたちつくし、じょじょにうすれゆくものを、清らかなこころで、みあげている。のぼってゆく。丘よりたかく、たちのぼってゆく。それでよいのだ。ずっとずっと。高圧送電の鉄塔よりもたかい、しっかりとした、天空のいただきで、断裂をとこが、たったひとり、ごく小さく、ポンと、かるく破裂し、螺鈿《らでん》のひかりをのこして、あっけなく、なくなる。ほぼどうじに、ぴぃほう　ぴぃほう……べつのkiteをとことkiteおんなたちが、両腕をひろげ、凧として、つぎつぎにあげられている。おや、活弁だったわが父も、kiteをとこになって、凧あげせられているではないか。新しい風葬として。新しい処刑として。新しい凧合戦として。なんまいも、シアン色やモーブ、オーキッド色の帆が、風に孕むのだ。風葬パラグライダーに処刑パラグライダー。そのころ、ホオジロムクドリが、チッタゴンはミルサライ地区の、乞食おんなの昏い股から、晴れやかにとびたつ。オレンジ色のくちばしが、ななめに上空を切ってゆく。雪の草原で、音もなく、べつの爆弾が、しっかりと爆発する。草むらが、もりあがり、雪と草と土が、ちらばる。葉脈と気孔と孔辺細胞が、みだれにみだれる。ロングショット。スローモーション。牡丹雪が爆破される。ティルト。凧があがる雪の空から、たくさんのトサカがふってくる。ついで、猫背のみしらぬ小おとこの、各部位がバラバラとふってくる。前額部や脳葉、足首、臼歯、こめかみ、鼻とその腔所や脾臓が、雪によって、血や漿膜をあらわれて、ヒースの版図におちてくる。バノンの眼鏡や鼻骨や蝶形骨もふってくる。バノンのでなくてもいい。ウサマ・ビン・ムハンマド・ビン・アワド・ビン・ラディン[※12]の、右の耳たぶでもいい。そうでなくてもいい。そうであってもよい。すべては、おしみなく、まきちらかされている。炭化した声。のような無音。と、ともに。牡丹雪がふりつづく。死んだ断裂をとこの妻が、洋傘さして、ぶかぶかの、夫の革靴はいて、青い丘を、とぼとぼと、あるいている。夫は「かんかんのう」をおどらされ、kiteになって、空中で破裂したのに。それとは知らずに、あるきどうし、あるいている。無をみながらあるいている。どこにいくのか。わからない。もはなにゑへるは　もえもんとわえ　ぴいほう　ぴいほう……。トビが鳴いてる。妻は、おどるように、おどらされるように、あるいている。あたまと足[※13]の大きな、おかっぱの、とても貧しい年増むすめは、クロッカス咲く野原で、上空をみあげている。ごく小さく、ひかえめに、ポンと、かるく破裂した、父のひかりを、父とは知らず、雪ごしに、みている。天蚕糸《テグス》のような、よわい、澄んだひかりの筋を。頭蓋のすみに、ふと、しびれのやうな、つかのまの幸福のやうなものをかんじる。純粋な幸福って、これなのかしら。さう、いいじゃないですか。あんていした倒錯としての健常《けんじやう》が、サプライチェーンの見える化に、しっかりと、つながるわけなのだから。濛昧《もうまい》の草原に、しっかりと、ホイッスルがなり、立ち耳の犬たちが、いっせいにはしってゆく。丘のむこうのソフトターゲットにむかってダッシュ。実写だ。背中に爆弾をせおわされた、空腹の爆弾犬（自爆犬）[※14]たちが。目をかがやかせ、よろこびいさんで。ニンゲンにほめられようとして。犬たち、丘のむこうで、つぎからつぎに、爆発する。自爆する。丘のむこうで、犬のひかりが、ひとつまたひとつと爆ぜる。草むらに、ちぎれた、しっぽや立ち耳や鼻のかけらが、とんでくる。［字幕］**「語られることばとの関係において世界は方向づけられ……ある意味作用を獲得する。語られたことばとの関係において世界は開始される」**[※15]。だろうか。語られたことばとの、無関係において、かんぜんな途絶において、世界は、しっかりと、[※16]

閉じられるのか。もう蠕動がはじまっている。〈アドリアーナの穴〉の、壁や床や法面《のりめん》が、ぐるぐるとうごめいている。わたしたちは知っている。つぎに、なにが爆発するのか。わたしたちは、穴に屁をひられ、穴から噴きだされて、市内バスにのって、聖歌をうたひながら、夜明けの、番の松林にかへるだらう。

※1　「斧の会」——一八六〇年代にセルゲイ・ネチャーエフが結成したロシアの学生秘密組織。ネチャーエフは、架空の「中央委員会」の指令をつたえ、学生らに絶対服従を強いた。ネチャーエフがバクーニンとともに作成した『革命家の教理問答書』は、「革命家はすでに死刑を宣告された人間である」と書きだされ、民衆のあいだに革命の機運が熟するのは、苦痛が限度をこえたときだけ、という趣旨の記述もある。ネチャーエフは組織成員も民衆も革命も、そして、自身をも、おそらく、まったく信じていなかった。

※2　「過剰真実」──パウル・ツェラン「ひらかれる声門」(『雪の区域』＝飯吉光夫・訳　静地社）参照。

※3　「共通善」──common good　サンデル「さあ、みんなはどう思うだろう。異論のある人、前にでて。マイクを回そう」。マイクを受けとり、だまって股にはさみ、屁をひっかけるネチャーエフ。

※4　かんかんのう──江戸期から明治期にかけてうたわれた俗謡。古典落語「らくだ」の重要なモチーフ。「かんかんのう　きうのれんす　きうはきうれんす　さんちょならへ　さあはほう　にぃくわんさん　んひいいたいいたい　んあろ　んこんふはうて　んかんさん　へもんとはいい　いはうひいはう」など、各種の歌詞がある。

※5　コンプラ標語コンテスト──佳作は「社のゆるみ　突き詰めていけば　個のゆるみ」（とっちんさん）など。

※6　「貨幣G─商品W─貨幣G'（G＋ΔG）」──剰余価値はこれで説明がつく。意識はどうか。ハンス・マグヌス・エンツェンスベルガーによると、資本主義は本源

的蓄積の段階ではもっぱら労働者を物質的に搾取するが、これが終わりに近づくとニンゲンの意識を搾取の対象にする。予言のとおり、意識は資本の搾取の対象になっている。ニンゲンは資本の自在な触手でありもっとも忠実な尖兵であるメディアに意識を収奪され、メディアによって生産された意識を日々、消費させられている。

※7 簓《ささら》──「うしろにまわった一人の曹長が軍刀を抜いた。かけ声とともに打ちおろすと、首はまりのようにとび、血が簓のように噴きだして、つぎつぎに三人の支那兵は死んだ」(火野葦平『麦と兵隊』一九三八年)

※8 いいべが──よろしいでしょうか。

※9 下・赤トサカ──おうし座でもっとも明るく(0・8等)、赤い恒星アルデバランをおもふ。

※10 ツバメシジミ──夢によくでてくる蝶々。前翅九~十九ミリ。翅の色は、オスが青紫色でメスは黒色。

※11 ロイヤルな馬糞──夏場の夕まぐれには、とくによくにおう。だが、愛国的な通

行人や皇居ランナーたちは、クサくても文句をいわない。むしろ胸いっぱい吸う。馬糞は馬糞でも、とてもロイヤルな糞だからである。

※12 ウサマ・ビン・ムハンマド・ビン・アワド・ビン・ラディン――「悪の表象」とするのはとうてい困難だらう。あまりにもよい顔をしている(いた)からだ。かれの名前をそのままつけた「オーデコロン」を、わたしはパキスタンで買った。

※13 足――扁平足。歩行に問題はない。

※14 爆弾犬(自爆犬)――「対戦車犬」(anti-tank dogs)ともいう。ナチスドイツのやり口かとおもっていたら、まちがい。第二次大戦中、ソ連赤軍が「兵器」として組織的に訓練した犬を、ドイツ軍戦車にむけてはしらせ、爆破工作にあたらせた。背中に爆薬と起爆装置をくくりつけられた犬が敵戦車の下にもぐりこみ爆破する手はずは、しばしば失敗したとされる。

※15 **「語られることばとの関係において世界は方向づけられ……ある意味作用を獲得する。語られたことばとの関係において世界は開始される」**――レヴィナス『全体性と無限』(岩波文庫)第一部Cの「真理と正義」=熊野純彦・訳

※16　しっかりと―副詞。主として連用修飾語としてもちいられるが、ゴロツキどもに占拠された国会の、無意味なジャーゴンとなった。「基礎や構成が堅固で、容易にぐらついたり崩れたりしないさま」「人の性質や考え方が堅実で危なげないさま」（大辞林）の反語。

初出一覧

Ⅰ

おばあさん――書き下ろし
グラスホッパー――書き下ろし
屁――書き下ろし
アキノウナギツカミ――『文芸埼玉』94号、二〇一六年一二月
夜がひかる街――『日本近代文学館報』271号、二〇一六年五月

Ⅱ

あの黒い森でミミズ焼く――『文學界』二〇一六年四月号

Ⅲ

声――書き下ろし
路地――『日本経済新聞』二〇一六年一〇月三〇日付朝刊
馬のなかの夜と港――『日本経済新聞』二〇一九年四月二一日付朝刊
骨――書き下ろし

Ⅳ

1　番う松林――『現代詩手帖』二〇一七年五月号
2　市内バス――『現代詩手帖』二〇一七年六月号
3　火事――『現代詩手帖』二〇一七年七月号
4　点滅――『現代詩手帖』二〇一七年八月号

辺見庸（へんみ・よう）
一九四四年宮城県石巻市生まれ。七〇年共同通信社入社、北京特派員、ハノイ支局長、外信部次長などを経て九六年退社。七八年中国報道により日本新聞協会賞受賞、八七年中国から国外退去処分を受ける。九一年『自動起床装置』で芥川賞、九四年『もの食う人びと』で講談社ノンフィクション賞、二〇一一年詩文集『生首』で中原中也賞、一二年詩集『眼の海』で高見順賞、一六年『増補版1★9★3★7』で城山三郎賞を受賞。他の著書に『赤い橋の下のぬるい水』『ゆで卵』『永遠の不服従のために』『抵抗論』『自分自身への審問』『死と滅亡のパンセ』『青い花』『霧の犬』『月』など多数。

純粋《じゅんすい》な幸福《こうふく》

二〇一九年九月一日　印刷
二〇一九年九月一〇日　発行

著者　辺見《へんみ》 庸《よう》
発行人　黒川昭良
発行所　毎日新聞出版
〒一〇二-〇〇七四 東京都千代田区九段南一-六-一七 千代田会館五階
電話 営業本部〇三-六二六五-六九四一
サンデー毎日編集部〇三-六二六五-六七四一
印刷　精文堂
製本　大口製本

ISBN978-4-620-32602-3